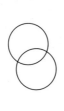

김선재 장편소설

노라와
모라

다산
책방

민정과 지연에게

la.

거기라는 뜻이다. 동시에 여기라는 뜻이기도 하다. 여기와 거기를 표현하는 하나의 단어. 그런 게 있다. 말과 다른 말. 말로 할 수 없는 말. 말이 아닌 말. 종종 그런 순간들과 맞닥뜨린다. 그때마다 거기를 떠올린다. 거기가 어디인지는 알 수 없다. 거기라는 말에는 그게 어울린다고 생각한다.

여기는 바람이 불고 비가 내리고 자주 황사가 밀려오는 곳. 누군가 문을 열고 들어오면 우리는 자리에서 일어선다. 선반에서 오래된 책이나 낡은 상자 같은 것들을 꺼낼 때면 묵은 먼지들이 딸려 나온다. 어쩌면 우리보다 오래 여기 있던 것들이다. 여기 있었지만 몰랐던 것들이 쌓인다. 엇비슷해 보이지만 전혀 다른 것들. 마치 고추와 가지의 씨앗들처럼. 씨앗들이 자라서 다시 같으며 다른 씨앗이 되듯, 우리는 고추와 가지처럼 딴판인 얼굴들이 되었다. 여기와 거기가 되었다.

눈을 감은
사람

곤륜산에서만 자란다는 돌배나무의 라欏. 그게 내
이름이다. 노魯가 성을 쓰는 덕분에 나는 그냥 노라,
띄어 써도 노 라, 다. 엄마는 자신의 임신중독으로 내
위의 아이를 태중에서 잃었다고 했다. 나에게 손수
이름을 지어준 사람은 아들을 잃고 딸을 얻은 아버지
였다. 노라, 혹은 노 라. 알파벳도 몰랐을 게 분명한
내 아버지가 Nora라는 이국의 이름을 고려했을 리
없지만 내 이름을 들은 사람 중 간혹 본명이 뭐냐고
묻는 사람들이 있다. 그럴 때마다 나는 웃고 만다. 작
고 오래된 종묘상에서 근무하는 나에게 두 개의 이름
이 필요할 리 없다. 노라는 Nora가 아니라 노가 성에

곤륜산에서 자라는 배나무라는 뜻의 라, 라는 말도 하지 않는다. 다만 혼자 산에서 자라는 배나무를 그려볼 뿐이다. 내가 아는 숲은 춥거나 습하고 자주 가물다가도 이따금 폭우로 산사태가 나기도 하는 곳이다. 그런 곳에서 자라는 배나무가 온전할 리 없어서 내 상상 속의 배나무는 언제나 비탈에 가까스로 혼자 서 있다. 꽃이 피어도 벌이나 나비가 찾아들지 않는, 비실거리는 나무. 배나무에 매달린 배를 본 적이 없으므로 내 상상은 거기까지다. 없는 산에서 자라는 없는 나무를 그리는 건 없는 세상을 그리라고 하는 것만큼이나 어려운 일이다. 번번이 그 어려운 일을 하는 건 세상에서 나뿐일 거다. 노라魯耀가 어딘가 또 있을 것 같지는 않으니까. 물론 대부분의 사람은 내가 노라든 노가든 Nora든 별로 관심이 없다. 그래서 내 이름은 라, 이지만 나는 누구에게나 노라로 불린다. 그게 노魯가인 아버지의 의도였을 지도 모르겠다. 부르기 쉽고 기억하기 쉽게. 어쩌면 아버지가 바란 건 쉽게, 또 쉽게 사는 거였던 거 같다. 그게 얼마나 어려운 일인지 아버지는 알았을까.

그건 아닐걸.

엄마는 그렇게 말했다.

내가 태어날 무렵 아버지가 한창 풍수에 빠져 있었다고 엄마는 자신이 어제 본 일을 옮기듯 말했다. 왕자궁이라는 중국집 주방에서 7년 동안 일했던 아버지가 자신의 가게를 차릴 마음을 먹었던 게 그즈음이었다는 거다. 택리지라는 책이 그때 아버지가 조석으로 들여다보던 책이었다고 했다.

온통 가게 자리 생각뿐이었다니까.

물컵에 보리차를 따르며 엄마는 무심히 말했다.

한 번 꽂히면 그걸로 끝이었어. 정말 끝.

곤륜산이니 돌배나무니 하는 것들도 다 아버지가 보던 그 책에서 나온 걸 거라고 말한 엄마는 채반 위의 고구마를 집어 오물오물 씹었다. 1년 내내 다이어트를 하는 엄마에게 고구마는 주식이고 간식이고 야식이었다. 쪄서 먹고 삶아서 먹고 생으로 우걱우걱 고구마를 씹어 먹는 엄마를 보면 그것만이 자신을 과체중에서 구원할 수 있을 거라 믿는 사람처럼 보였다. 구원이라는 단어는 엄마가 좋아하는 단어였다. 걸

핏하면 은혜와 구원만 있으면 무서울 것이 없다는 엄마를 보고 있으면 엄마 또한 한 번 꽂히면 그걸로 끝인 사람인 것처럼 보였다. 그건 아주 오래전에도 마찬가지여서 나를 주로 씻기고 먹인 것도 팔할은 아버지가 한 일이라고 마지못해 인정한 적도 있었다. 기억에는 없지만 엄마의 단편적 기억이나 주변의 증언을 종합해 보면 그게 모두 거짓인 것은 아닌 모양이다. 나는 언젠가부터 아버지라는 단어를 들으면 무의식적으로 다이얼 비누 냄새나 손의 감촉 같은 것들을 떠올린다.

푸르죽죽한 이끼가 앉은 담벼락 밑에는 빨간 샐비어가 피어 있고 저물녘의 아버지가 나를 부른다. 나는 얼굴을 지운 아버지 앞에 쪼그리고 앉는다. 물비린내가 끼친다. 크고 거친 손이 내 얼굴을 덮는가 싶더니 담벼락의 낙서를 지우듯 내 얼굴을 박박 문지른다. 요리를 하는 손이라기보다는 망치를 쥐거나 목재를 나르는 것처럼 거친 손. 나는 아직 그 손의 감촉을 기억한다. 물론 내가 떠올린 그것들이 누군가의 서명처럼 분명하게 남은 건 아니라서 그 손의 주인이 그가 맞는지를 단언할 수는 없다. 다만 마트의 생필품 할인 매대 위에 쌓여 있는 다이얼 비누를 보다가 언젠가의 다이얼 비누를 떠올렸고 거리 응원에서 누군가 그려준 페이스페인팅을 지우던 어떤 날에는 문득 내 얼굴을 비누로 비벼대던 거칠고 투박한 손을 떠올렸다. 확인할 방법은 없다. 아버지는 해조류처럼 불분명한 형상을 한 채 자주 내 머릿속과 피부 밑에서 흐느적거린다. 해변에 굴러다니는 스티로폼 조각이나 짝을 잃고 여기저기 틈새를 뒹구는 양말처럼 늘 전체가 아닌 부분으로 말이다.

말이야 바른말로,

엄마는 아버지를 회상할 때마다 잊지 않고 덧붙였다.

인물 빼면 시체였어.

확인할 길은 없다. 나에게 남은 아버지의 유품이라고는 사진 한 장이 전부다. 뒷면에 〈王子宮 야유회, 1990년 3월〉이라고 적혀 있는 사진이다. 그 사진 속의 아버지는 무채색의 허공을 배경으로 눈을 감은 채, 몸통뿐인 나무 아래 서 있다. 사진을 찍어준 누군가의 실수인지 종아리 아랫부분이 잘려 나가고 없는 그 사진을 나는 동부화재보험이라는 회사에서 받은 1992년 다이어리 사이에서 발견했다. 배경도, 발도 없이 혼자 서 있는 아버지. 1990년에 죽은 아버지의 사진이 왜 1992년 수첩 사이에 끼어 있었던 건지는 물론이고 왕자궁에서 1990년 3월에 어디로 야유회를 갔었는지 엄마는 전혀 기억하지 못했다. 심지어 처음 보는 사진이라고 했다.

눈을 감은 아버지는 표정도 없어서 마치 죽은 사람처럼 보였다. 실제로 아버지는 그 사진을 찍고 나서 일곱 달 후 어느 밤에 갑자기 심장이 멈췄다. 소원이던 자신의 가게를 채 차리기 전이었다.

나는 멀쩡한 두 다리를 가진, 눈 뜬 아버지가 궁금했다. 아무리 사진을 찍을 때마다 눈을 감는 습관이 있는 사람이라도 한두 장쯤은 멀쩡한 사진이 있을 만도 했다.

나머지는 어디 있어?

내 물음에 엄마는 나머지는 산 사람에게서나 찾는

거라고 했다.

정말 없어?

없어.

살아 있는 엄마와 나에게도 나머지는 거의 없었다.
나는 어떤 시절의 물비린내나 담장 밑으로 무너지는
오후의 그림자, 혹은 매운 비누 냄새 같은 것에 대해
누군가에게 털어놓은 적이 없다. 그런 걸 말로 하기
가 어려웠다. 이미 입 밖으로 꺼내는 순간 아주 하찮
고 보잘것없는 것이 되어버리는 말들을 여러 개 알고
있는 나이였다. 게다가 엄마에게 다이얼 비누니 담장
이니 하는 이야기를 해봤자 비웃음을 들을 게 뻔했
다. 엄마는 말씀을 전하기에 너무 바빠서 그런 것들
을 귀 기울여 들어줄 여유가 없다. 그저 엄마는 알고
나는 모르는 일이 있듯 나 또한 나만 아는 일들이라
여길 뿐이다. 사실, 사실을 제대로 아는 사람은 드물
다는 게 내가 아는 사실이다. 말하지 않는 각자의 사
실들이 있다. 털어놓는 순간 아무것도 아닌 것이 되
어버리는. 여기에서 일어나는 일들은 대개 그런 식으
로 흘러간다. 지나고 나면 아무것도 아니다. 엄마는

자주 그런 말을 했다.

그래도 그렇지, 라고 나는 생각했다.

한때 살았던 사람인데. 7년이나 온갖 것들을 섞으며 같이 산 사람과의 기억이나 흔적들이 어떻게 그리 말끔하게 없어질 수 있었을까. TV에서 방영되는 일일드라마를 보며 욕을 하는 엄마 곁에 앉아 있자니 그런 생각이 들었다. 엄마는 사는 게 제일 무서운 거라고 했다. 결국 사람들이 온갖 별짓을 다 하는 건 결국 사는 게 얼마나 무서운지 알기 때문이라는 거였다.

그래서 우리에게 믿음이 필요한 거야.

엄마는 갑자기 내 쪽으로 돌아앉으며 말했다. 갑자기 마음의 평화를 얻기라도 한 듯 한없이 나긋하고 다정한 목소리였다.

그분의 품이 얼마나 넓은지, 너 모르지?

나는 모르는 게 많다. 엄마가 왜 아버지랑 결혼했는지도 잘 모르겠다. 물론 아버지가 왜 엄마랑 결혼했는지도 궁금하지만 안타깝게도 그건 영영 알 수 없

는 일이 되었다. 그래서

엄마는 왜 아버지랑 결혼했어?

아주 오래전에 그렇게 물어본 적이 있다. 희미한 감각으로만 존재하는 아버지에 대한 갖가지 상상을 키우던 즈음이었다. 나에게 아버지는 곤륜산 돌배나무만큼이나 막연해서 중국집 주방장이라는 사실이나 눈을 감은 채 박제된 사진 말고 뭔가 구체적인 진술들이 필요했다. 엄마는 잠시 입술을 뾰족하게 내밀고 뭔가를 생각하더니 몸이 좋았다고 대답했다. 무슨 뜻인지 묻는 나에게 그냥 그런 게 있다고 말한 엄마는 입을 가리고 호호 웃었다.

왜 엄마는 또 결혼을 했어?

몇 년 전에 다시 그렇게 물은 적이 있다. 오랜만에 엄마와 마주 앉아 군고구마의 껍질을 벗기며 오랜만이라 별 할 말이 없어 한 질문이었다. 내 물음에 대뜸 엄마는 들고 있던 고구마를 내려놓으며 쏘아붙이듯 되물었다.

너라면 어떻게 하겠냐.

나는 고구마를 씹다 말고 엄마를 쳐다봤다. 엄마가 왜 그렇게 예민하게 반응하는 건지 잘 알 수가 없었다.

내가 서방질을 했냐, 도박을 했냐.

그렇게 말하던 엄마는 두툼한 입술을 파르르 떨었다.

내가 뭘 잘못했는지 묻고 싶었지만 입안에 가득 침이 고여 말이 나오지 않았다. 씹다 만 고구마가 내 의지와 상관없이 자꾸 꿀떡꿀떡 목구멍을 넘어갔다.

너만 없었어도…….

엄마는 그렇게 말하며 훌쩍거리기까지 했다. 도대체 내가 뭘 잘못했는지 알 수가 없어서 나는 그냥 앉아 있었다. 내 의지와 상관없이 목구멍을 넘어간 고구마가 명치에 걸려 가슴이 답답했다.

아버지는 나를 세상에 둘도 없는 돌배나무로 만들어놓고 어느 밤에 갑자기 죽어버렸다. 곁에서 자던 엄마도 알아채지 못했던, 아주 조용하고 급작스러운 죽음이었다. 급살을 맞은 거라고 했다.

그게 살 중에서도 최고 악질이다.

이미 뻣뻣해진 몸을 더듬던 그날 새벽을 떠올리기라도 한 듯 부르르 몸을 떤 엄마는 그만 입을 다물었다. 나도 별말은 하지 않았다. 다만 가끔 엄마가 정말

나를 미워하는구나, 하는 생각이 들었다. 급살을 맞을
년. 그건 엄마가 나에게 즐겨 쓰던 욕 중 하나였다.
사정을 알고 보니 그게 단순히 입버릇은 아닌 거 같
았다. 엄마는 정말 나를 미워했다. 너만 없었으면, 너
만 아니었으면, 과 같은 말을 아무렇지도 않게 하는
엄마와 지내다 보면 저절로 그런 생각이 들었다. 사
람이 사람을 미워하는 건 스스로도 어쩔 수 없는 마
음인 거다.

　어쩔 수 없다.

　대학을 포기해야 했을 때도 엄마는 그렇게 말했다.
짐작했던 일이었다. 그러나 짐작했던 일이 막상 현실
이 되고 보니 서러워서 눈물이 나왔다. 니 어미가 죽
었냐, 니 아비가……. 내 꼴을 보고 그렇게 쏘아붙이
던 엄마가 입을 다무는 걸 보고 집을 나왔다. 갈 곳이
없어서 먼 곳으로 가는 기차표를 샀다. 기차를 타고
도착한 그곳에서도 여전히 갈 곳이 없어 다시 버스를
타고 더 멀리 갔다. 가능한 한 여기에서 멀어지고 싶
었다. 움직이는 동안에는 별생각이 들지 않았다. 움직

이기를 멈출 수가 없었다. 내가 탄 버스의 종점은 절벽이 유명한 어느 유원지였다. 태풍이 오고 있다고 했다. 바람에 떠밀려 돌아가던 사람들이 나를 흘끔거렸다. 나는 그들과 반대쪽으로 걸어 절벽 쪽으로 갔다. 숨 쉴 틈 없이 불어오는 바람 속을 지나느라 자꾸 주먹이 쥐어졌다. 주먹을 쥔 채 절벽에 부딪힌 파도가 뱉어내는 흰 거품을 한참 바라보며 서 있었다. 거칠고 단조롭게 반복되는 그 일련의 움직임을 보고 있자니 다시 서러웠다. 나쁜 년아. 조그맣게 중얼거려 보았다. 바람이 그 말을 지워서 다시 그 말을 내뱉었다. 이, 나, 쁜, 년, 아. 바람이 내 목소리를 지우는 동안에는 무슨 말이라도 할 수 있을 것 같아서 내 목소리는 점점 커졌다. 욕하기를 그칠 수가 없었다. 어쩔 수 없는 마음이었다. 내가 엄마에게 배운 건 욕뿐이라는 생각이 들 만큼 나는 온갖 종류의 욕을 그 절벽 위에서 내질렀다. 미워하는 것도, 좋아하는 것도 의지로 움직여지는 건 아니었다. 그건 정말 어쩔 수 없는 일이었다.

가게 앞에 두 명의 여자가 서 있다. 내다놓은 모종을 구경하는 사람들이다. 처음에는 누군가 가게 앞에 멈춰 설 때마다 매번 문을 열고 나갔지만 문 안팎에 감시카메라를 설치한 이후 손님과의 대면은 최소한으로 줄어들었다. 살 사람은 보고, 사지 않을 사람은 보지 않아도 되는 이 시스템은 생각보다 나쁘지 않다. 물론 나는 가게의 가장 안쪽에 앉아 언제나 그들을 보고 있다. 나서지 않을 뿐이다. 나서는 것은 내가 좋아하지 않는 일 중 하나다. 3년 전 처음 면접을 보러 왔을 때 여기서 가장 마음에 들었던 게 그것이었다. 그전까지 다니던 작은 광고회사에서 가장 어려웠던 일이 그것이기도 했다. 말이 회계 담당이지 경리업무와 차 심부름과 사무실 비품을 구매하는 등의 온갖 자질구레한 일이 모두 내가 할 일이었다. 광고를 의뢰한 점포와 지역 방송국을 연결해 주거나 지하철 광고를 제작하고 지역 축제에 들어갈 이벤트를 대행하는 그 사무실에서 내 자리는 6년 내내 출입문 바로 앞이었다. 불만을 가져봤자 고달픈 건 나뿐이라는 걸 일찌감치 깨우친 나는 지각은커녕 조퇴 한번 없이 그 사무실에 6년을 출근했다. 암에 걸린 사장 자리에 그의 조카가 사장 대행으로 오기 전까지는 말이다. 오십 대 후반의 사장은 좋은 사람이었고 사장의 조카는 30대 후반이었는데 둘은 닮은 곳이 전혀 없었다. 직원들은 출근 첫날부터 실적 보고를 요구한 그가 임시직인 것만은 아닌 모양이라고 수군거렸다. 하필 사장이 걸린 암이 암 중에서도 가장 완치가 어려운 대장암이라는 사실이 사장의 측근인 부장을 통해 흘러나온 즈음이었다. 아닌 게 아니라 조카는 출근한 지 2주 만에 직원들의 근태와 실적으로 연봉을 새조정하겠다는 선전포고를 하고 개인 면담까지 요구했다. 우리는 그날부터 너나할 것 없이 최면에 걸린 것처럼 미친 듯이 아이디어 회의를 하고 행사를 수주하기 위해 인맥을 동원하고 경비 절감 방안을 마련하는 따위의 일들을 반복했다. 그 와중에 나 또한 사장 대행의 말대로 몇 년 동안 하지 못한 밥값을 뒤늦게 하는 거라고 생각하며 회의 시간마다 꾸역꾸역 아무 말이나 했고 회사 비품들의 질을 낮췄으며 용역비 절감을 이유로 해고한 아르바이트생의 업무를 떠맡았다.

어쩔 수 없다는 엄마의 입버릇을 따라 중얼거리다 보면 은행을 오가고 화장실 청소를 하고 젖은 담배꽁초가 수북한 종이컵을 치우는 일도 그럭저럭 견딜 만했다. 그러나 술집에서 노래방으로 이어지는 회식만은 어쩔 수 없는 일로 치부하기가 어려웠다. 아무리 생각해도 그건 일이 아니었다. 일이 아닌 일로 이리저리 끌려 다녀야 하는 일은 어딘가 부당했다. 탬버린을 치거나 담배를 사다 나르는 일들. 그런 건 노력한다고 나아지거나 견뎌지는 일이 아니었다. 이게 사람이 할 짓은 아니지. 어느 날 노래방에 들어가자마자 과장이 나에게 건네는 탬버린을 보며 나도 모르게 그런 생각을 했다. 나는 음치에 박치였다. 애초부터 내몸과 영혼에는 리듬이라는 게 존재하지 않는다는 생각이 들 정도였다. 그런 나에게 왜 과장은 당연하다는 듯 탬버린을 내미는 걸까. 그 과장은 지난 6년 동안 사탕 한 알도 내게 줘본 적이 없는 사람이었다. 나는 나에게 탬버린을 건넨 과장과 대리가 부둥켜안고 춤을 추는 걸 보다가 그 방을 나왔다. 할 수 없는 일은 하고 싶지 않았다. 그렇게 살 수는 없었다.

이 오래된 명농사(洺農社)라는 가게는 시장이 처음 만들어질 때부터 여기 있었다고 한다. 그게 언제냐고 물어봤지만 정확한 연도를 기억하는 사람은 없다. 해방 직전 이곳에서 급사로 일하던 사장의 큰아버지가 일본으로 돌아가던 원래의 사장에게서 헐값에 넘겨받았다는 말을 얼핏 들은 게 내가 명농사의 역사에 대해 아는 전부다. 그릇 가게와 농약사까지 끼고 있는 이 건물의 지하 창고와 2층 전체를 작업장과 사무실로 쓰는 이 명농사는 보기보다 규모가 큰 가게였다. 이 가게에 총 열두 명의 직원이 있다는 걸 아는 사람도 그리 많지 않다. 2층으로 출근히는 사장과 그의 숙부인 남 이사를 제외한 정과 강과 이는 내내 출장 중이고 나머지는 근교의 비닐하우스에서 시험 재배를 담당하고 있어 대부분 이 가게를 지키는 건 작년에 입사한 호 씨와 나 둘이다. 내가 만든 웹 사이트에 들어온 주문의 전표를 끊으면 호 씨는 창고에서 물건을 찾아 배달하거나 택배를 부친다. 호 씨가 바쁠 때는 내가 가끔 우체국에 가기도 한다.

쉬엄쉬엄하면 돼요, 쉬엄쉬엄.

재작년에 환갑을 지났다는 사장은 입버릇처럼 그 말을 달고 산다.

평생 이 일을 하면서 알게 된 건 분수라오. 그러니 아등바등할 거 없어.

처음 면접을 보러 왔을 때 구운 가래떡과 보리차를 내밀며 사장은 그렇게 말했다. 무슨 말인지 잘 알아들을 수가 없었다. 사장이 나온 문 너머에서 여자들의 웃음소리와 음악 소리가 들려왔다. 문틈으로 새어 나오는 음악 소리가 쿵쿵 뒤통수를 치는 걸 느끼며 나는 사장의 장화를 내려다보고 있었다. 먼지가 뽀얗게 앉은 장화를 왜 사무실에서 신고 있는 건지 알 도리가 없었다. 뒤늦게 이곳이 정확히 어떤 일을 하는 곳인지 모른다는 생각이 들었다. 그러나 한편으로는 아무래도 상관없었다. 뭘 해야 할지 알 수는 없었지만 뭐라도 해야 하는 것만은 분명한 시절이었다. 지역 신문에서 본 명농사의 구인 조건은 웹 디자인을 할 수 있는 용모 단정한 여성이라는 것뿐이었다. 처우도 나쁘지 않았다. 그런 곳은 흔치 않았다. 내가 덮어놓고 이력서를 낸 건 그 때문이었다. 물론 잠시 학력과 나이 제한이 없는 이유에 대해 의문을 갖기도 했으나 잠을 자면 삼이 오냐고, 밥을 먹으면 밥이 넘어가냐고 이죽거리는 엄마를 피해 다니는 것도 하루이틀이었다. 나중에 알게 된 사실이지만 명농사의 겨울은 양파 종자 포장으로 한창 바쁜 계절이었다. 겨울에 양파 종자를 출하하지 않으면 그 1년은 양파 장사를 아예 공친다고 했다. 문 너머에서 들려오던 음악소리는, 그러니까 양파 종자 포장 작업을 하던 아주머니들의 노동요였다. 양파 씨앗을 팔고 나면 호박을 심을 철이어서 나는 그다음 날부터 고추와 호박 종자의 봉투 디자인과 사장이 기획한 인터넷 판매를 위한 홈페이지 직업을 했다. 그뿐이었다. 아무도 나에게 판매전략 기획안을 작성하라고 닦달하지 않았고 차를 타라거나 화장실 청소를 시키기는커녕 담배를 피우는 사람도 없어 재떨이를 비울 일도 없었다. 사장은 그 겨울 내내 아주머니들과 함께 작업장에서 양파 종자 포장을 했고 남 이사는 난롯가에서 바둑을 두거나 졸았으며 출장을 떠난 정과 강은 오래 돌아오지 않았다.

종묘면…… 상조회사?
일자리를 구했다는 내 말에 엄마는 그렇게 물었다.

세상은 생각보다 훨씬 넓다. 종묘種苗의 뜻을 알고
난 다음에 내가 생각한 건 그거였다. 결국 이 세상을
채우고 있는 건 단어들이었다. 모르던 걸 알게 되니
조금은 열심히 살고 싶었다. 엄마는 그걸 알려고 들
지 않았다. 모르는 건 없는 것이라 우기는 것에 일가
견이 있는 사람이었다.

종묘宗廟가 아니라 종묘種苗. 종묘宗廟도 상조회사하
고는 상관없고.
한숨을 내쉬며 그렇게 말했다. 엄마는 코웃음을
쳤다.
그거랑 그게 어째서 다르냐.
하나는 왕실 사당이고 내가 일할 곳은 씨앗을 다루
는 데고.
지금 때가 어느 땐데 농사를 짓는다고.
먹고사는 데에 때가 어딨어.
멀쩡한 회사를 때려치우고 고작 한다는 게 농사냐
고.
농사를 짓는 게 아니라니까.
계란이랑 달걀이랑 다르냐? 그게 그거지.

매번 그런 식이다. 나는 말하고 엄마는 들으려 하지 않거나 엄마는 말하고 나는 그 말을 듣지 않는다. 지금 가게 앞에 서서 늘어놓은 모종들 앞에 서 있는 두 여자가 그런 것처럼 들은 것을 못 들은 척하거나 본 것을 못 본 척하는 건 엄마와 나의 오래된 일상이다. 나는 모니터 속에서 보라색 누빔 재킷을 입은 여자가 아래쪽을 가리키며 검고 긴 패딩점퍼를 입은 여자에게 말을 거는 걸 본다. 화면만으로는 무슨 말을 하고 있는지 알 수 없으나 여자의 행동으로 보아 아마 모종들의 종류를 구별해 일러주고 있는 것 같다. 고추와 적치마, 그리고 토마토는 근처의 주말농장에서 밭을 일구는 사람들이 가장 많이 찾는 것들이다. 고추와 적치마, 쑥갓이나 토마토의 모종을 구분할 줄 아는 게 누군가에게는 아무 흥미도 없는 일이라는 사실을 모르는 여자는 혼자 오래 떠들고 옆에 선 여자는 팔짱을 낀 채 다른 곳을 바라보고 서 있다. 그들은 곧 빈손으로 그 자리를 떠날 것이다. 빈손으로 떠나는 사람을 지켜보는 일처럼 쓸쓸한 일은 없다. 나는 고개를 돌린다. 이번 주 중으로 당근 종자 포장 시

안을 마무리해야 한다. K팝이라는 이름을 가진 옥수수 종자를 팔기 위해 사장과 남 이사, 호 씨를 제외한 직원들은 지금 강원도에 가 있다. 옥수수와 K팝은 묘하게 어울린다. K의 팝은 팝콘의 팝일까 팝송의 팝일까. 나는 문득 그런 게 궁금하다. 떠날 사람을 지켜보는 일보다는 그쪽이 더 이 별일 없는 일상에 어울리는 일이니까.

별일 없었죠?

배달 갔던 호 씨가 들어오며 묻는다. 호 씨는 자주 나에게 그런 걸 묻는다. 그게 말버릇인지, 아니면 정말 궁금해서 묻는 건지 아직 구분하기 어렵다. 호 씨와 나는 그리 많은 말을 하는 편이 아니다. 그와 별일 없이 잘 지내는 건 그 때문일 거다. 우리는 별말없이 같은 공간 안에서 서로 할 일을 하고 점심 때는 작업장에서 일하는 아주머니들이 지은 밥을 함께 먹는다. 각각 안 쓰는 밥통을 가져오거나 도마나 칼, 냄비를 들고 와 누가 시키지도 않았는데 밥을 짓고 나물을 무치고 찌개를 끓이는 그들을 보고 있으면 어쩔 수 없는 먹고사는 일에 대해 생각하게 된다. 다섯 명

의 여자들이 두 개의 버너에 번갈아 가며 삶고 굽고
끓이며 서로의 입속에 무친 나물을 넣어주거나 갓 지
은 밥을 푸고 들고 온 가방 속에서 반찬통들을 하나
씩 꺼내 놓는 모습을 보고 있으면 살기 위해 먹는 것
이나 먹기 위해 사는 것을 구별하는 게 별 의미 없다
는 걸 알게 된다. 거기에는 슬픔도, 기쁨도 없다. 평생
고구마를 찌고 삶고 으깨고 부치는 게 식사 준비의
거의 전부인 엄마에게서는 찾아볼 수 없었던 무섭도
록 집중하는 삶이 있을 뿐이다.

　봄에는 미나리지. 이게 피를 맑게 한다고. 건강은
젊었을 때 지켜야 하는데 아직 그게 뭔지 모르지?
　나와 호 씨에게 미나리와 다른 쌈 채소들을 내밀며
박 여사는 그렇게 말한다. 사장과 초등학교 동창이라
는 박 여사는 사장보다 열 살쯤 젊어 보이는 작업장
반장이다. 작업장에서만큼은 사장도 그의 말에 고분
고분 따르는 이유까지야 알 도리가 없다. 다만 나와
호 씨가 점심을 수월하게 해결할 수 있는 게 바닥에
떨어진 종자들을 노리며 수시로 창가를 기웃거리는
비둘기까지 챙기는 오지랖 넓은 박 여사 덕분이라는

걸 안다.

쌈하고 거시기는 클수록 맛있는 거야.

누군가 내가 손에 든 메추리알만 한 쌈을 보고 그
렇게 말한다. 여기저기서 웃음이 터져 나온다. 처녀총
각 앞에서 못 하는 소리가 없네 있네, 하며 순식간에
산더미처럼 쌓인 야채와 커다란 양푼에 끓인 김치찌
개를 먹어 치운 그들은 나와 호 씨가 설거지를 하는
동안 창가에 모여 창밖을 내다보며 호로록 호로록 소
리 내어 커피를 마신다.

이따금 겁도 없이 창틀에 멀찍이 내려앉았다가 후
드득 날아가는 비둘기 날갯짓 소리 사이로 시장통의
웅성거림이 올라오고 아주머니들은 가느다란 한숨을
내쉬거나 별말이 없다. 나는 호 씨가 씻어놓은 그릇
의 물기를 닦아 쟁반 위에 엎어 놓는다. 웃고 떠들지
만 아무도 자기 얘기를 하지 않는 사람들. 하지 않는
게 아니라 하지 못하는 것일 수도 있다. 그런 사람들
이 있다. 그런 사람들은 주로 가깝고도 먼 얘기를 한
다. 이를테면 제철 미나리의 효능이나 맛에 대한 얘
기. 잠이 보약이라는 얘기. 뼈마디가 쑤시는 걸 보니
곧 비가 내리겠다는 얘기. 나는 젖은 손의 물기를 닦

으며 먼 곳을 본다. 먼 산에 무겁고 어두운 구름이 걸려 있다. 주머니 속에서 휴대전화가 낮게 떤다. 모르는 번호다. 모르는 번호로 걸려오는 전화는 잘 받지 않는 나는 휴대전화 화면에 뜬 번호가 어제와 오늘 오전에 걸려온 번호와 같다는 걸 깨닫는다. 이 모르는 번호의 주인은 어제부터 내게 네 번째 전화를 하고 있다. 작업장을 나와 통화 버튼을 누른다. 기다렸다는 듯 톡톡 떨어지는 빗소리가 들린다. 나는 우산이 없다.

그들에게는
그들만의

　모라와 나는 7년을 함께 살았다. 산 밑에 집. 우리
는 우리가 살던 집을 그렇게 불렀다. 근처에 채석장
이 있어서 대문을 열면 한쪽 옆구리가 허물어진 산이
보이던 그 집 뒷방이 모라와 내가 쓰던 방이었다. 산
쪽을 향한 창문 덕분에 사시사철 컴컴한 바람 소리
와 축축한 나뭇잎 냄새가 나던 그 방에서 우리는 마
주 앉아 숙제를 하거나 책을 읽다가 나란히 누워 잠
이 들고는 했다. 간혹 새벽에 깨는 날이면 나는 등을
돌리고 자는 모라를 생각 없이 오래 바라보곤 했는데
우리가 헤어진 뒤 어느 날 아침에는 어쩌면 내가 그
랬듯 모라도 내 잠든 뒷모습을 바라본 적이 있을 거

라는 생각이 들었다. 쌀쌀해진 어느 날 바닥에 깔린 온수관을 통과하는 무거운 물소리를 들으며 누워있 던 것뿐이었는데 문득 산 밑에 그 집과 우리가 지내 던 그 방이 생각났고 그 방에서 듣던 모라의 숨소리 나 바람이 마른 나뭇잎을 쓸던 소리, 산에서 내려오 던 물안개 냄새 같은 것들이 연달아 떠올랐던 거다. 아무 일도 아닌 것처럼 함께 잠들고 깨어나던 나날들 에 끝이 있을 거라고는 꿈에도 생각하지 못했던 시절 의 어둡고 축축한 방. 그 방에서 내가 듣고 보던 것들 을 모라도 듣고 보았을까. 그것들을 지금 나처럼 떠 올리기는 할까. 온기가 바닥에 퍼지는 걸 느끼며 나 는 뒤늦게 그런 게 궁금했다. 35년 중 7년이라는 시 간. 그게 내가 누군가와 살았다고 느끼는 유일한 시 간이었다.

새벽에 잠에서 깨어 종종 모라와 소곤거리던 날들 이 있었다. 대부분 쓸데없는 말들이었다. 예를 들면 전날에 함께 본 고양이의 미래를 상상하거나 꿈에서 본 사람들에 관한 이야기, 혹은 그때 들리던 창밖의 기척들에 대한 이야기들이었다. 대부분 모라는 묻고 잠에 취한 나는 웅얼거리던 시간들이었다.

　새야.

　어느 날 새벽에 모라는 그렇게 속삭였다. 그 목소
리는 너무 작아 꿈속에서 들리는 소리 같았다. 나는
눈을 뜨고 돌아누웠다. 컴컴한 여명 사이로 보이는
모라는 눈을 감은 채 천장으로 향해 똑바로 누워있었
다. 모라의 숨을 따라 이불이 조금 부풀었다가 가라
앉는 걸 바라봤다. 하늘색 바탕에 흰 격자무늬 이불
은 흰색 바탕에 하늘색 격자무늬 이불 같기도 했다.
그것과 그것은 같은 말일 수도 있지만 그것과 그것은
어쩐지 다른 느낌이었다. 아무튼 모라와 내가 누워있
는 방은 흰색 바탕에 하늘색 격자무늬처럼 단정했고
하늘색 바탕에 흰색 격자무늬처럼 고요했다. 꿈인 것
같았다. 그 정적 사이로 다시 모라가 중얼거렸다. 작
고 까끌까끌한 목소리였다.

　새가 울어.

　……그러네.

　나도 다시 눈을 감으며 말했다. 눈꺼풀 사이로 스
미는 희미한 빛 속에서 또 새가 울었다. 새가 울 때마다 세상이 조금씩 환해지는 것 같았다.

코롱코롱 이러는 거 같아.

찌이찌이 이렇게 들리는데.

코롱코롱하는 소리로 들려.

찌이찌이찌이이이찌이이 하는데.

어떻게 그렇지?

모라가 이불을 끌어 내리고 내 쪽으로 몸을 돌리는 기척을 느꼈으나 나는 눈을 뜨지 않았다.

……말이 아니잖아.

졸린 나머지 아무렇게나 웅얼거렸다. 그런 생각을 해본 적은 없었다. 다만 코롱코롱이나 찌이찌이나 그게 내 귀에 들리는 새소리가 아니기는 마찬가지라는 생각이 들었다. 새소리는 그냥 새소리였다. 이제 막 어떤 새들은 깨어났지만 세상은 아직 고요했다. 아직 잠에서 깨기에는 이른 시간이었다.

아, 그렇구나.

모라가 신기하다는 듯 그렇게 중얼거리는 소리를 들으며 나는 이불을 뒤집어썼다. 더 자고 싶었다. 뭔가가 내 이불 속으로 들어온 건 내가 다시 잠이 들던 순간이었다. 차고 낯선 감각이 팔뚝과 등허리에 닿았

다. 흠칫 놀랐지만 나는 움직이지 않았다. 차고 말랑
말랑한 그 감각이 모라의 손이고, 다리고 몸이라는
걸 닿는 순간 깨달았기 때문이었다. 뒤집어쓴 이불
속에서 모라와 내 숨소리가 섞이는 게 느껴졌다. 섞
이다보면 하나가 될 수 있을까. 아주 잠깐 나는 그런
생각을 했다. 고소하고 달큼한 냄새가 호박단을 씌운
내 이불 속을 떠돌았다. 같은 방에서 자고 깼지만 살
이 닿은 건 그때가 처음이었다. 모라가 손을 뻗어 내
손을 더듬었다.

이제 안심이야.

등에 대고 모라가 그렇게 속삭였다. 모라의 입김이
번지는 등이 간질거렸다. 이불 속이 꿈처럼 따뜻해서
나는 아무 말도 할 수가 없었다. 새가 우는 소리를 들
으며 우리는 다시 함께 잠이 들었다.

*

어쩜. 이름도 딱이네. 누가 보면 정말 친자맨 줄 알
겠어.

모라를 처음 만난 날, 엄마는 나란히 앉은 우리를

향해 입을 가리고 호호 웃으며 말했다. 입을 가리고 웃다니. 바보 같았다. 물 칠을 한 머리카락을 눈꼬리가 치켜 올라가도록 바투 묶은 탓에 입을 다물지 못하고 앉아 있는 나도 바보 같기는 마찬가지였다. 나는 입을 벌린 채 엄마를 멍하니 바라보았다. 여느 때와 마찬가지로 학교를 다녀와 종일 TV를 보다가 느닷없이 끌려 나온 그곳은 동네에서 조금 떨어진 블루문이라는 경양식 집이었다. 나는 따끔거리다 못해 뜨거워진 관자놀이를 문지르며 내 곁에서 야무지게 크림수프를 떠먹는 아이와 눈앞의 남자를 번갈아 훔쳐보았다. 눈꼬리가 처져 선한 인상의 남자는 엄마가 그런 것처럼 웃음이 헤펐다. 빵이 나왔을 때도 그는 어색하게 웃었고 돈가스 접시를 받아들면서도 엄마와 내 눈치를 살피며 웃었다. 손끝이 뭉뚝하고 손톱밑이 새카만 남자였다. 나는 남자가 자신의 돈가스를 잘게 잘라 엄마와 나와 내 곁에 앉은 여자아이의 접시 위에 놓아주는 걸 보며 공연히 짜증이 났다. 그걸 포크로 찍어 얌전히 입에 넣고 오물거리는 엄마에게는 더 짜증이 났던 게 기억난다. 내가 아는 엄마는 고구마를 먹을 때도 김치를 얹어 크게 한 입씩 베어 먹는 사람이었는데 눈앞의 엄마는 생전 그런 일을 해 본 적이 없는 사람처럼 조금 먹고 많이 웃고 있었다. 게다가 그때마다 입을 가리고. 더 보고 있을 수가 없어서 나는 이리저리 눈알을 굴렸다. 테이블 위에 놓인 숟가락이 보였다. 언젠가 TV에서 본 유명 초능력자가 숟가락을 구부리던 장면이 떠올랐다. 이 자리에서 내가 이 숟가락을 구부려 보인다면 눈앞의 남자는 어떤 표정을 지어 보일까. 포크나 나이프가 눈앞에서 둥둥 떠오른다면 이 어색하고 숨 막히는 시간을 끝내고 빨리 돌아갈 수 있을지도 몰랐다. 그러나 숟가락을 구부리기는커녕 머리를 꽁꽁 옭은 고무줄 하나도 마음대로 할 수 없는 게 그때 내 상황이었다. 머리를 아무렇게나 풀어헤치고 아무 데나 엎드려 TV를 보다 잠들던 일상이 한 달 전처럼 아득했다. 왠지 울고 싶은 기분이었다.

모라는 7월생인데 노라는 몇 월 생이에요?

남자가 포크를 내려놓으며 갑자기 생각났다는 듯 엄마에게 물었다. 내 생일이 왜 궁금한 건지 알 수 없어 나는 더 불편해졌다.

이런 우연이 있네요. 이 애들이 인연은 인연인가

봐요. 애도 7월생이에요 7월생. 웬 비가 그렇게 쏟아지던지…… 차도고 인도고 죄 강이 됐다니까요. 난리도 그런 난리가 없었어, 정말.

굳이 그런 말까지 덧붙일 필요는 없었지만 한 번 입을 연 엄마의 말꼬리는 길었다. 나는 다리를 달달 떨며 눈을 내리깔았다. 아무리 노려봐도 숟가락은 꼼짝하지 않을 게 뻔했고 내 바람과 상관없이 엄마도 입을 다물 생각이 없었다. 분명 택시 안에서 양수가 터졌다는 얘기 다음에는 하마터면 택시 안에서 애를 낳을 뻔했다는 얘기를 할 거고 그 와중에도 기사가 세차비까지 받아내더라는, 나에게 수도 없이 되풀이했던 그 지루한 이야기를 이어갈 거였다. 정말이지 엄마는 목욕탕에 가서 옆에 앉은 아줌마에게도 그런 말을 했고 생선 가게 아줌마에게도 그런 말을 했다. 엄마에게는 듣다 보면 말을 어디서 잘라야 할지 몰라 마냥 지루하게 고개만 끄덕이게 만드는 능력이 있었다. 나는 엄마의 그 닳고 닳은 말을 이 자리에서만큼은 듣고 싶지 않았다. 내 태몽 얘기를 꺼내는 엄마의 말을 천진한 표정으로 가로막은 이유였다.

있잖아요…….

엄마 쪽을 향해 있던 남자가 몸을 돌려 나를 바라봤다. 순하고 선한 인상의 남자에게서 얼핏 물에 젖은 신문지 냄새 같은 것이 스쳤다. 남자는 내가 말을 잇기를 참을성 있게 기다렸다. 너그러운 남자의 표정에 잠시 망설이던 나는 말을 이었다. 내가 입을 다무는 순간 어떻게든 엄마가 다시 말을 하기 시작할 게 뻔했기 때문이다.

저는 곤륜산에서만 자라는 돌배나무 라 자를 써요. ······우리 아버지가 지어준 이름이고요.

단지 화제를 돌리고 싶은 마음이었다. 화제를 돌리기에 내 이름만한 것은 없었다. 내가 그 얘기를 꺼내면 대부분 재밌다는 반응을 보이거나 간혹 야무지다고 말해 주는 사람도 있었으니까. 그러나 말을 꺼내는 순간 나는 그 화제가 결코 엄마의 마음에 들지 않는다는 사실을 알았다. 알면서도 말을 멈출 수는 없었다. 엄마처럼 아무 말이나 하는 사람은 아니지만 꺼낸 말을 하다 말 수는 없다는 걸 알 나이였다. 표정이 굳은 엄마는 잠시 말이 없었고 남자는 여전히 웃는 낯으로 천천히 고개를 끄덕였다. 뭘 다 안다는 표정이었다. 그런 남자를 보고 있자니 가슴이 답답했다.

내 옆에 앉은 아이가 내 쪽을 향해 말을 한 건 그때였다.

내 이름은 가지런한 그물이라는 뜻이래. ……웃기지?

나는 비로소 아이를 똑바로 바라보았다. 짧은 단발에 얼굴이 동그란 아이는 노란색 스웨터를 입고 있었다. 노란색은 내가 좋아하는 색깔이었다. 아이의 머리카락과 눈동자는 갈색이었고 말할 때마다 아이의 입가에서 보조개가 패었다. 보조개가 있는 사람을 실제로 보는 건 처음이었다. 나는 고개를 끄덕였다. 정말 가지런한 그물은 돌배나무만큼이나 웃긴 이름이라고 생각했다. 아이가 더 크게 웃었다. 보조개가 더 깊어졌다.

하루라도 언니는 언니니까 언니답게 굴어야 해.

한동안 말이 없던 엄마는 그렇게 말했다. 언니라니. 나는 태어나서 한 번도 써보지 않은 그 단어를 입속에 넣고 굴리며 엄마와 옆에 앉은 아이를 번갈아 쳐다봤다. 엄마는 나를 외면했고 가지런한 그물이라는 이름을 쓰는 아이는 나를 보고 자주 웃었다. 미간을 찡그리고 잇몸을 드러내서 우는 건지 웃는 건지 구분하기 어려운, 그런 웃음이었다. 같이 웃어줄 수가 없었다. 나는 그렇게 웃는 법을 몰랐다. 내내 모른 척 했던 건 그 때문이었다. 그거라도 해야 나머지 시간을 견딜 수 있을 거 같았다.

이제…… 한 식구가 될 거니까 앞으로 사이좋게 지냈으면 좋겠다.

돈가스 접시가 치워지고 후식으로 나온 아이스크림을 앞에 놓고 남자가 말했다. 나를 제외한 세 사람은 마치 미리 알던 사실을 다시 알게 된 사람들처럼 순순하고 별말이 없었다. 흘깃 훔쳐본 엄마의 수줍은 표정에 잠시 어이가 없었던 나도 언니처럼 굴기 위해 별말을 하지 않았다. 머리카락이 뽑히는 것처럼 머리 밑이 내내 아플 뿐이었다.

*

꿈을 꾼다. 꿈에서도 꿈이라 믿고 싶은 꿈. 나는 집으로 돌아가는 중이다. 붉고 어두운 벽돌집들이 늘어선 천변을 지나야 그곳에 갈 수 있다. 어둡고 무거운 길이다. 늘어선 집들은 창문이 없고 지붕은 하나같이 아귀가 맞지 않아 금방이라도 내려앉을 것 같다. 걷던 나는 멈춰 서서 개천을 내려다본다. 거품이 더께를 이룬 개천은 검고 찐득하다. 개천에 처박힌 자전거가 조금씩 가라앉는 것을 외팔의 소녀와 목청을 잃은 개가 보고 있다. 개천가에 버려진 냉장고 안에서 사는 소녀의 왼쪽 눈은 녹색이다. 버려진 냉장고 안에서 사는 녹색 눈의 소녀는 노래를 잘한다. 누군가 버린 인형처럼 자라지 못하고 늙어가는 소녀가 노래를 부르기 시작한다. 뜻은 없고 음만 남은 노래가 천변을 따라 흘러간다. 수초를 매단 채 천변에 처박힌 자전거 뒷바퀴가 혼자 돌기 시작하는 것을 나는 보고 있다. 자전거 바퀴는 멈출 듯 멈추지 않고 소녀가 부르는 가느다란 노래가 내 머리카락을 쓰다듬는다. 웅크린 개는 커다란 귀로 이따금 파리를 쫓을 뿐이다. 그거밖에 할 게 없다는 듯이 파리들은 윙윙거리며 날고 소녀의 노래를 개가 듣는다. 온갖 쓰레기가 버려져 썩어가는 개천을 훑으며 지나가는 노래. 아무도 창문을 열지 않는 거리에서 나는 내게 등을 돌리고 선 소녀와 개와 썩어가는 모든 것들을 바라보기만 한다. 소녀는 한 손이 없어 손을 모을 수 없고 개는 짖을 수 없고, 나는…… 다가갈 수 없다. 그렇다면 내가 꾸는 이 꿈속의 나는 누구인가. 나는 왜 집으로 돌아가지 못하고 낯설면서도 낯익은 이 길에서 개와 소녀를 보기만 하는 걸까.

너는 알잖아.

누군가 그렇게 말한다. 나는 귀를 막는다. 나는…… 듣는 사람이고 보는 사람이면서 말하지 않는 사람. 그건 아무도 모르는 일이다. 내 꿈에 내가 없는 이유다.

나는 돌아선다.

눈을 뜬다. 비를 맞으며 돌아와서 잠깐 잠이 들었다고 생각했는데 창밖은 시간을 분간할 수 없을 정도로 어둡다. 창문 사이로 물비린내가 희미하게 끼친다. 비 때문일까. 공기는 축축하고 몸은 뜨겁다. 누군가 관자놀이를 힘껏 움켜쥐는 것 같다. 손이나 발이 멀어지는 느낌. 열이 날 때마다 그런 느낌이 든다. 비 때문일 거다. 엄마도 비가 올 즈음이면 드러누워 있

기 일쑤였다. 내 위로 사내아이를 사산하고 몸조리를
제대로 하지 못한 탓이라고 했다.

　아들이었는데…… 하필 고게 아들이었어.

　엄마는 자주 무릎이나 손가락을 주무르며 들으라
는 듯 그렇게 중얼거렸다. 그 아들이 죽지 않았다면
엄마는 지금과 다른 삶을 살고 있었을까. 엄마의 넋
두리를 들을 때마다 나는 그런 걸 궁금해 하다가 이
내 그러려니 하고 만다. 없는 걸 생각하고 일어나지
않은 일을 상상하는 건 사는 데에 아무 도움도 되지
않는다. 가지지 못한 걸 탐하는 마음. 엄마는 그런 게
많은 사람이다. 그러니 그건 그저 비 오는 날이면 듣
게 되는 엄마의 입버릇에 불과하다. 밖에서 인기척이
들린다. 누군가 화장실 불을 켜고 끄는 소리. 물을 컵
에 따르고 부스럭거리며 뭔가를 삼키는 소리. 냉장고
를 열고 뭔가를 비닐봉지에 싸 담는 소리. 나는 엄마
의 기척으로 지금이 새벽이라는 사실을 알게 된다.
새벽 기도를 하러 가는 엄마는 결코 내 방문을 열어
보지 않을 것이다. 내가 방에 있다는 사실조차 자주
잊는 엄마는 안에서나 밖에서나 늘 기도에 열심이다.
고구마 앞에서 기도하고, 자기 전에도 기도를 할 뿐

아니라 새벽 기도도 거르는 법이 없다. 그 많은 엄마의 기도 속에는 어떤 말이 있을까. 엄마가 지금 간절히 바라는 것이 무엇인지 나는 모른다. 한 번도 그런 걸 물어본 적은 없다.

엄마에게는 엄마의 삶이 있으니까.

그 말을 처음 들은 건 어느 눈부신 한낮이었다. 그즈음 나는 집 밖을 맴도는 시간이 점점 길어지고 있었다. 내 의지는 아니었다. 그때 우리는 소나무와 가래나무가 유명한 유원지 근처의 단층집에 살았는데 어느 날부터 영문도 모른 채 엄마와 엄마가 끌고 온 한 무리의 사람들에 의해 집 밖으로 내몰리기 시작한 거였다. 그들을 데리고 온 첫날 엄마는 나에게 약간의 돈을 쥐여주며 놀다 오라고 말했다. 엄마의 표정은 상기되어 있었고 차림새가 제각각인 한 무리의 여자와 뾰족한 턱에 호리호리한 체형을 가진 남자는 선 채로 마루와 방을 기웃거렸다. 한 번도 본 적이 없는 낯선 사람들이 하나도 아니고 여남은 명이나 한꺼번에 찾아온 건 그때가 처음이었다. 음악 소리가 시작된 건 내가 신발을 신고 대문을 열 때쯤이었다. 집 근처의 식당들에서 종일 틀어놓는 것과 비슷한, 쿵짝거리는 추임새가 쉴 새 없이 이어지는 음악 소리가 밖이 아니라 안에서 들려온 건 정말 이상한 일이었다. 정체불명의 사람들이 무리 지어 집 안으로 들어온 것도 그렇거니와 그 요란한 음악 소리가 갑자기 시작된 이유가 나는 궁금했다. 현관문을 열고 나온 나는 발소리를 죽이며 뒷마당을 돌아 안방의 창문가로 갔다. 열어놓은 방문 너머로 마루가 한눈에 보였다. 턱이 뾰족한 남자가 한 여자의 손을 잡고 음악에 맞춰 마루 중앙을 어수선하게 오가는 게 보였다. 나머지 여자들은 바닥에 넓게 둘러앉아 남녀의 하는 꼴을 보고 있었다. 서로의 손을 쥔 채 멀어졌다 가까워지던 남녀는 가끔 서로의 몸을 빙그르르 돌리기도 했는데 그때마다 바닥에 앉은 여자들은 웃거나 박수를 쳤다. 그 무리 가운데는 즐거워 견딜 수 없다는 표정의 엄마도 끼어 있었다. 엄마의 그런 표정을 본 건 정말 그때가 처음이었다. 왜 하필 우리 집을 선택한 것인지는 알 수 없지만 온 목적이 무엇인지는 분명했다. 엄마가 춤을 추겠다고 나를 집 밖으로 쫓아낸 거였다. 춤바람이 났구나. 엄마가…… 춤바람이 났어. 그런 생각을 하며 나는 창문 밑에 주저앉았다. 오다가다 엍어들은 춤바람이라는 단어가 머릿속을 떠나지 않았다. 눈앞이 어둑해져서 아무것도 보이지 않았다. 춤바람이 난 여자들은 집도 버리고 자식도 예사로 버린다던 가겟집 아줌마의 말이 떠올랐다. 나는 그때서야 내가 쫓겨난 걸 수도 있다는 사실을 깨달았지만 그렇다고 해도 할 수 있는 건 없었다. 나는 훌쩍거리며 엉거주춤 허리를 굽혀 창문 밑을 지나 대문을 열었다. 영영 집으로 들어갈 수 없을까 걱정이 되어 멀리 갈 수가 없었다. 대문 앞에 쭈그리고 앉은 건 그 때문이었다. 그날부터 나는 일주일에 많게는 서너 번씩 동전 몇 개를 쥔 채 집 밖으로 쫓겨나기를 반복했다. 물놀이 철이면 어딜 가도 음악 소리가 따라오는 동네였다. 갈 곳이 없었다. 갈 곳 없이 한 철이 지나갔다.

이제 그만하면 안 돼?

몇 날 며칠을 벼르고서야 그 말을 하고 말았다. 오전부터 청소를 하고 거울 앞에서 스카프를 머리에 둘렀다가 목에 두르기를 반복하며 손님 맞을 준비를 하던 엄마가 내게 백 원짜리 동전 두어 개를 쥐여주던

참이었다.

그럼 뭐 먹고 살게?

스카프를 쥔 채 엄마가 말했다. 집을 빌려주고 세를 받는다고 했다. 그 세로 우리 두 식구가 먹고사는 거라는 말을 믿기에는 엄마의 표정이 지나치게 화사했다.

춤추는 게 그렇게 좋아?

나는 다시 물었다. 비꼴 생각은 없었지만 뱉고 보니 그렇게 들려서 화들짝 엄마의 눈치를 살폈다.

……근데.

엄마는 그렇게 말하고 잠시 나를 내려다보며 한숨을 쉬었다. 한숨을 쉬면서도 스카프를 목에 두르고 번진 루주 자국을 거즈 손수건으로 정리하는 손을 멈추지 않았다.

나에게도…… 내 삶이라는 게 있어.

엄마의 말에 의하면 엄마는 살기 위해 턱이 뾰족한 남자가 이끄는 대로 스텝을 밟고 빙그르르 몸을 돌려대는 춤을 배운다는 말인 거 같았다. 그게 사는 것과 어떻게 관련된 건지 이해하기에 나는 너무 어렸다. 그러나 그 말을 하는 엄마의 표정이 너무 단호해서 나는 입을 다물었다. 아버지도 없는 마당에 엄마 눈 밖에라도 나면 큰일이라는 생각이 들었다. 네가 나갈래, 내가 나갈까. 화가 난 엄마가 입버릇처럼 다그치던 말이 떠오르기도 했다. 엄마와 나는 한 몸이 아니고 엄마에게는 엄마의 삶이 따로 있어서 내가 거기 끼어들 여지가 없다는 걸 어렴풋하게나마 알게 된 건 그즈음이었다. 엄마가 자신의 재혼이나 이혼 소식을 알려왔을 때도 한 마디도 보태지 않은 이유이기도 했다. 선고, 혹은 통보에 내 의사 같은 건 필요 없다는 걸 이미 알 무렵이었다. 내 할 일은 내가 알아서 하고 그에 대한 판단이나 결정도 내 몫이어야 한다는 걸 알게 된 건 전적으로 그런 엄마 덕분이었다. 네가 능력이 되면 해. 엄마는 자주 옆집 아이에게 조언하듯 나에게 그렇게 말했다. 엄마에게는 엄마의 삶이 있듯 나에게도 내가 살아가야 할 삶이 있다는 걸 엄마는 그런 방식으로 가르치는 것 같았다. 엄마의 기도가 내 기도와 상관없는 것도 그런 이유다. 물론 나는 기도 따윈 하지 않는다.

현관문이 열렸다가 닫히고도 한참을 누워있던 나

는 느릿느릿 자리에서 일어난다. 약을 삼키고 얼굴을 쓸어내리며 잠시 어둠 속에 서 있다. B시로 가기 위해서는 9시 전에 집에서 나서야 한다. 나는 재차 시간을 확인한다. 아직 6시가 채 못 된 시간이다. 아직 시간은 넉넉하다.

*

양모라.
소리 내어 말하면 노래처럼 들리는 이름.
한때 나는 그런 생각을 했었다.

휴대전화 속에서 들리는 모라의 목소리는 전혀 모라 같지 않았다. 20년 만이었다. 내가 생각하기에 그 시간은 아는 사람이 모르는 사람으로 변하거나 모르는 사람이 없는 사람이 되기에 충분하고도 남는 시간이었다.
나 모라야 모라. 양, 모, 라. 잘 지냈어?
모라는 그렇게 말했다. 혹시 통화할 수 있냐고 묻거나, 있잖아, 혹은 저기…… 하는 식으로 망설이는

기색을 드러내지도 않았다. 아주 오랫동안 입에 올려
본 적 없는 그 이름을 듣자마자 나는 반사적으로 목
덜미가 싸늘해졌다. 그 싸늘한 기운이 천천히 어깨를
지나 손끝으로 퍼져나가고 있었다. 양치 컵을 들고
화장실로 향하는 호 씨를 의식하며 나는 서둘러 문
쪽으로 걸어가 출입문을 열었다. 빗방울이 점점 굵어
져서 멀리 갈 수는 없었다. 걷어놓았던 가림막을 치
거나 내놓은 물건들을 거둬들이는 사람들로 한낮의
시장은 분주했다. 묵직한 비린내와 참기름 냄새가 주
변을 떠돌았다.

잘 지냈냐고 모라가 다시 물었다. 내가 대답을 할
때까지 그렇게 물을 작정인 것 같았다. 나도 고개를
끄덕이며 모라에게 잘 지냈냐고 되물었다. 고개를 끄
덕이다니. 바보 같은 짓이었다.

목소리 들으니 좋네. 정말 반가워.

모라가 낮은 목소리로 하는 말을 나는 듣기만 했
다. 웬일이냐고 물어야 할지, 나 또한 반갑다고 해야
할지 알 수가 없었다.

엄마도 여전하시지?

모라가 다시 물었다. 모라답다고 나는 생각했다.

20년 전에 헤어진 계모에게 엄마라는 소리가 저렇게 자연스럽게 나오는 걸 보면 아무래도 그건 모라의 천성인 모양이었다. 하긴, 처음부터 그는 엄마를 엄마라고 부르는 데 전혀 주저함이 없었다. 모라의 그런 살가운 태도에 오히려 엄마가 당황할 지경이었다. 그는 정말 아무에게나 곰살맞고 아무 때나 웃는 낯이어서 뭘 해도 욕을 먹고 뭘 안 해서 매를 버는 나와는 전혀 딴판인 아이였다. 그것 때문에 오랜 시간 고통받던 기억이 떠올라 나는 쓴웃음을 지으며 그렇다고 대답했다. 여전한지 아닌지는 생각해 보지 않았지만 모라가 그렇듯 엄마 또한 내내 내가 아는 엄마다운 건 사실이니까. 빗방울이 주변 상점의 천막 위로 떨어지는 소리가 점점 요란해졌다. 고무 대야에 푸성귀며 덖은 보리를 팔던 상점 앞의 노파 두엇은 어느새 자리를 파하고 사라진 지 오래였다. 묵직한 몸이 축축해지는 것을 느끼며 가게 안을 돌아보았다. 양치를 끝내고 자리로 돌아온 호 씨가 힐끔 출입문 쪽을 쳐다보다 이내 고개를 돌리는 것이 보였다. 나는 부르르 몸을 떨었다. 눈치를 줄 사람은 없었지만 슬슬 가게 안으로 돌아가야 할 것 같았다.

있잖아.

저기 있잖아.

내가 말하자 모라도 말했다.

우리는 또 서로에게 순서를 양보하느라 잠시 말이 없었다. 출입문에서 등을 돌린 채 서 있던 나는 천천히 돌아서며 부디 별일 없이 이 시간이 끝나기를 바랐다. 오랜만의 안부 전화 같은 것. 그런 건 얼마든지 할 수 있는 일이었다.

노라야.

모라가 내 이름을 부른 건 내가 가게 문을 막 밀고 들어가려던 때였다. 나는 그 자리에 잠시 서서 모라의 다음 말을 기다렸다. 그게 무슨 말이든 빨리 끝내길 바라는 마음. 그때 내가 바랐던 건 그것뿐이었다.

아버지가 돌아가셨다는데…… 그래도 한때 가족이었으니까…….

모라는 그렇게 말했다. 우비를 입고 포장된 비료 두 포대를 짊어진 호 씨가 내가 놓아버린 문 앞으로 다가오는 게 보였다. 나는 휴대전화를 귀에 댄 채 무의식적으로 문 앞에서 한 발자국 옆으로 비켜서며 계부의 나이를 어림해 본다. 엄마와 세 살 차이

였으니까, 엄마가 60년생이니까, 그러니까……, 그러
니까……. 나는 서둘러 손가락을 꼽았다. 계부가 즐
겨 입던 남색 작업복이나 뒤축이 구겨진 운동화, 국
을 떠먹을 때마다 요란스레 내뱉던 감탄사 따위가 제
멋대로 떠올라서 몇 번이나 다시 손가락을 꼽다가 그
만둔다. 분명하지는 않지만 아직 이르다는 생각. 죽음
에 순서가 없다는 생각. 그 죽음의 이유에 대한 짐작
들이 점멸하는 전등처럼 하나하나 떠올랐다 빠르게
사라졌다. 그리고 역시…… 오래 묵은 안부는, 모르는
게 낫다는 생각이 남았다.

　여보세요? 듣고 있는 거지?

　모라가 다그치듯 그렇게 물었다. 나는 땅바닥에 떨
어지는 빗방울들을 멍하니 바라보았다. 문득 나에게
마지막으로 내밀던 계부의 손이 떠올랐다. 여전히 손
끝이 뭉뚝하고 손톱마다 검은 기름때가 낀 두툼한 손
이었다. 누군가 내 어깨를 톡톡 두드렸다. 고개를 들
었다. 문을 열고 나온 호 씨가 내 앞에서 서 있었다.
자신이 짊어진 비료 포대를 손으로 가리키며 우, 체,
국, 이라고 벙긋거리는 그를 향해 나는 엉거주춤 고
개를 끄덕였다. 그때 그가 내민 손을 잡았다면 뭐가

달라졌을까. 나는 휴대전화를 고쳐 쥔다. 손등에 튄 빗물을 거칠게 옷자락에 문질러 닦는다. 그럴 리 없다. 엄마와 계부에게는 그들만의 삶이 있었고 그건 오직 그들의 일이었으니까. 그가 내 앞에 서서 내게 손을 내민 짧은 시간 동안 나는 멍하니 그가 입은 작업복 왼쪽 가슴에 자수로 박아 넣은 글자를 바라보았다. 영원인쇄. 계부가 손을 내밀었을 때, 뭔가 내 몸속에서 빠져나가는 것이 있었다. 그건 슬픔이나 노여움이 아니라, 감각인 것 같았다. 보고 듣는 모든 것들이 보이거나 들리지 않는 느낌. 아무것도 생각나지 않아서 내가 할 수 있는 것이라고는 주먹을 쥐고 또박또박 눈앞의 글자를 다시 읽는 것뿐이었다. 영, 원, 인, 쇄. 원, 영, 쇄, 인. 인……, 영……, 쇄……, 영……. 그의 가슴에 붙어 있던 각각의 음들이 제각각 떨어져나와 공기 중으로 흩어지는 것처럼 보였다. 나는 눈을 질끈 감았다 다시 떴다. 눈앞의 그가 손을 거두고 고개를 돌려 모라를 부르고 천천히 현관으로 걸어가 뒤축이 구겨진 운동화를 고쳐 신는 동안.

간다.

그렇게 말한 사람이 그였는지 모라였는지 기억나

지 않았다. 다만 순서를 잃은 글자들이 끝없이 머릿속을 떠돌 뿐이었다. 영원이라니. 결국 10년도 못 가 망할 거였으면서. 문이 닫히는 소리를 들으며 그런 생각을 했던 것 같다.

나는 물었다.

언제?

모라는 모른다고 했다. 몰라서 실감이 나지 않는다고 했다. 무슨 말을 하는 건지 잘 알아들을 수가 없었다. 빗소리가 점점 커져 모라의 목소리가 잘 들리지 않았다.

*

버스는 도시를 둘러싼 고속도로를 달려 이제 막 시의 경계를 지나고 있다. 나는 유리창 너머의 산들이 멀고 가까운 송전탑과 고압선들로 끝없이 이어지는 것을 멍하니 바라보고 있다. 어쩌면 이 세상을 유지하거나 지탱하는 것은 엄마의 입버릇인 구원이 아니라 실은 송전탑일지도 모른다. 그렇지 않고서야 이렇게 많은 송전탑들이 도로 주변을 메우고 있을 리가 없다. 구원은 있어도 살고, 있어도 모르고, 없어도 삶에 별 영향을 미치지 않는다. 거기에 비해 마치 거대한 로봇처럼 지면과 숲 사이에 우뚝 솟아 있는 그것들이 강풍에 끊어지거나 낙뢰를 맞게 된다면 세상은 엉망이 될 게 뻔하다. 지하철과 열차는 운행을 멈출 것이고 차들이 서로 부딪치거나 엉켜 오도 가도 못하게 되는 사람들을 상상하는 것도 그리 어려운 일이 아니다.

……안에 있는 사람들은 갇히겠지. 갇힌 사람들은 공포에 질려 악을 쓰거나 울음을 터뜨릴 거다. 그러나 그건 겪어보고도 잘 알 수 없는 일 중 하나다. 누군가가 구조하러 올 때까지 그 안에서 할 수 있는 일은 거의 없다는 걸 알 뿐이다.

오래된 건물의 승강기 안에 갇혔던 적이 있다. 내가 내쉬는 숨에도 숨이 막힐 만큼 뜨거운 그 한낮에 나는 그 건물 9층에 살던 내 오래된 연인과 결별하고 돌아오던 길이었다. 다시는 이 고물 승강기를 탈 일은 없을 거라는 다소 냉소적이고 감상적인 심정도 잠시였다. 내가 탄 승강기가 덜컥 2층과 1층 사이에서 멈췄다. 좁고 더러운 그 승강기에 비상벨 같은 건 없었다. 갇혔다는 자각이 들자마자 나도 모르게 숨이 가빠지기 시작했다. 문을 두드렸고 소리를 지르다가 주저앉았다. 숨이 쉬어지지 않아서 침을 삼킬 수가 없었다. 비록 2층과 1층 사이에서 멈춘 것이었지만 그 건물은 지상 10층에 지하 2층짜리 건물이었다. 어쩌면 내가 탄 승강기가 만약 추락한다면 내 몸은 무려 네 개의 층을 추락해 지하 2층에서 형편없이 찌부러져 발견될지도 모를 일이었다. 생각이 거기에 미치자 문을 두드리거나 발을 구르는 일이 무서웠다. 아니, 사실은 잘 모르겠다. 그 시간의 대부분을 나는 정확히 기억하지 못한다. 다만 목덜미를 움켜쥐던 서늘한 느낌이나 온몸에서 흘러내리던 땀방울, 혹은 고개를 숙인 내 입에서 바닥으로 떨어지던 긴 침방울을 기억할 뿐이다. 관에 갇힌 기분이었다. 나는 숨을 쉬기 위해 두 무릎 사이에 머리를 묻었다. 목덜미를 타고 흘러내리거나 겨드랑이에서 샘물처럼 솟아나던 땀과 목이 졸린 짐승처럼 질질 흘리던 침이 턱 끝에 맺히는 감각이 선명했다. 정말이지 나는 물에 빠진 사람처럼 숨을 헐떡였다. 귓가에 들리는 날카로운 소리가 이명인지 내가 지르는 비명인지, 밖에서 문을 열기 위해 동원한 기계 소리인지 구분할 수가 없었다. 문은 한참 후에 열렸다. 고작 30여 분 남짓이라고 했다.

팬찮죠?

열린 문으로 손을 내민 누군가가 그렇게 물었다. 승강기 앞에 서 있던 누군가 물 한 병을 내밀었을 뿐 그들은 내게 더 이상의 말을 건네지 않았다. 다들 나와 눈을 마주치려 들지 않았던 거 같다. 그들은 다만 여전히 2층과 1층 사이에 걸려 있는 승강기를 어떻게 처리할 것인지에 대해 자기들끼리 팔짱을 끼고 수군거렸다. 이 상황을 어떻게든 조용히 마무리하고 싶은 건 그들이나 나나 마찬가지였다. 내 안에 그토록 강렬하게 삶을 욕망하는 내가 숨어 있다는 걸 막 깨달은 참이었다. 나는 물에 빠졌다가 구조된 사람처럼 벌벌 떨며 햇빛 속으로 나오며 침을 닦았다. 세상은 여전히 뜨거웠고 그 사이로 불어온 바람이 내 목덜미와 겨드랑이 사이를 지나갔다. 집에는 아무도 없어서 뉴스를 틀어놓고 울기에 좋았다. 구인난을 훑기 시작한 건 아마 그날부터였다.

가방 속에 넣어둔 휴대전화가 부르르 떤다. 두 개의 문자 메시지가 휴대전화 화면에 떠 있다. 하나는 호 씨가 보낸 것이고 나머지 하나는 내 도착 시각을 묻는 모라의 문자다. 일 잘 보고 잘 돌아오세요. 농약 재고 목록 파일의 위치를 물은 호 씨는 문자 메시지 끝에 그렇게 덧붙였다. 굳이 두 번이나 '잘'을 쓸 필요까지는 없었는데. 나는 다시 창밖의 흔들리는 풍경을 잠시 바라본다. 잘 가라거나 어서 오라거나. 내가 아는 세계는 이 두 문장 사이에 있다. 호 씨는 어제 퇴근 무렵 내가 갑작스럽게 월차계를 냈을 때도 별말이 없었다. 오후 내내 내 행동을 수상쩍게 흘끔거리던 것과는 사뭇 다른 태도였다. 그런 호 씨가 나는 왠지 불편했다. 그건 지금도 마찬가지다. 잘, 돌아오라니. 나는 가느다랗게 한숨을 내쉰다. 모라를 탓할수는 없지만 이 모든 일이 모라와의 통화에서 비롯된일들이라는 생각을 지울 수가 없다. 시간을 확인한다. 예정대로라면 40분 후에 B시의 터미널에 도착할 것이다. 나는 모라에게 예상 도착 시간을 문자로 알려준다. 기다렸다는 듯 모라에게서 다시 문자가 날아온다. 이미 그곳에서 나를 기다리는 모양이다.

기다린다는 것을 생각한다. 생각하기 싫어도 생각
해야 하는 날이 있다. 그리고

모라가, 나를 기다리는 날이 오기도 한다.

나는 휴대전화를 가방 속에 쑤셔 넣고는 좌석에 머
리를 기댄다. 약효가 떨어지는지 다시 목덜미가 뜨거
워지기 시작한다.

다시 만난
세계

모라가 쓴 글씨를 보고 있으면 마치 잘 정리된 책장이 떠오르곤 했다. 크기와 색깔을 맞춰 가지런히 줄지어 꽂아놓은. 그 책장에서 나는 혼자 나풀거리는 가름끈 같은 존재였다. 그런 생각을 지울 수 없었다.

모라가 자신의 공책 하단에 적어놓았던 이름의 모양을 아직도 기억한다. 그렇게 예쁜 ㅁ과 ㄹ은 본 적이 없었다. 아무리 연습해도 아귀가 맞지 않거나 획이 삐쳐 들쭉날쭉한 내 글씨에 비해 모라의 그것들은 획과 각이 분명하고 부드러워서 마치 고급 종이에 가지런히 인쇄된 활자처럼 보였다. 그런 필체를 눈여겨

본 게 나쁜인 건 아니어서 모라는 초등학교 3학년 때부터 소문난 필경사처럼 교무실의 한쪽 벽면에 마련된 학습 진도 계획표의 판서를 전담했고 학급 신문을 만들거나 환경미화 기간에도 모라를 찾는 사람이 많았다. 그때마다 나는 운동장 귀퉁이에서 아무것도 기다리지 않는 아이들이 허공으로 공을 차올리는 걸 구경하다가 혼자 집으로 돌아오곤 했다. 대개는 심심했고 가끔은 빈 깡통을 발로 차는 것에 열중하다 어느새 집 앞인 적도 있었다. 깡통이 구르는 동안에는 울고 싶은 마음이 한결 나아진다는 걸 알고 난 이후에는 한동안 신발주머니에 빈 깡통을 챙겨 다녔다. 울고 싶은 마음. 그런 마음을 누군가에게 말해 본 적은 없다. 그 마음이 뭔지는 나도 잘 몰랐으니까. 다만 입술을 깨물면 어깨에 힘이 들어가고 어깨가 뻣뻣해지면 덩달아 목이 아파져서 울고 싶어진다는 걸 알 뿐이었다. 사람들을 불러들여 생계를 유지한다던 엄마는 이제 보험 외판을 시작해서 하루 대부분을 집 밖에서 보냈고 계부 또한 인쇄소를 운영하기 시작한 지얼마 되지 않아 집을 지키는 것은 대부분 모라와 나였다. 한때 우리는 잠자는 시간을 제외한 대부분 시

간을 공유했다. 그런데 어느 순간부터 모라는 나에게
자꾸 미안하다고 했다. 먼저 가는 게 낫겠어, 미안. 오
래 걸릴 것 같아. 미안. 미안, 금방 갈게. 미안. 미안,
미안. 진짜 미안.

분명 마음에 말이 가까웠던 날도 있었다. 어느 날
새벽 내 이불 속으로 들어온 모라의 숨소리가 내 등
허리에 달라붙던 날들이 그랬던 것처럼. 그러나 어떤
순간부터 우리가 하는 말들은 변했다. 그 사실에 대
해 모라와 얘기를 나눈 적은 없지만 우리는 서로가
알고 있다는 걸 알았다. 습관처럼 미안하다고 말하고
그 말을 듣기도 전에 고개를 끄덕이다가 누가 먼저랄
것도 없이 그마저도 생략하게 되었다는 걸 말이다.

아버지는 우리 딸들 믿어.
그즈음 계부는 자주 그렇게 말했다. 처음에는 무심
히 넘겼던 그 말이 어느 순간부터는 이상하게 들렸
다. 우리가 자신의 딸인 것을 믿는다는 말인가? 말이
되지 않았다. 내가 엄마 딸이고 모라가 계부의 딸인
건 이미 알 만한 사람은 다 아는 사실이었다. 그런 걸

본인이 모를 리는 없었다. 그러니 계부의 말은 나와 모라의 그 무엇을 믿는다는 말이 분명했다. 그 무엇은 대체 무엇일까. 계부의 그 불분명한 믿음은 어디에서 비롯되는 걸까. 계부는 왜 그걸 확인하듯 반복해서 말하는 걸까. 내가 그런 질문을 떠올리느라 말이 없는 동안 내 곁의 모라는 뭘 안다는 듯 냉큼 고개를 끄덕이고는 했다. 모라는 정말 계부의 그 불분명한 말을 다 알아들은 듯 보였다. 괜찮지? 가끔 계부가 모라의 어깨를 두드리며 그렇게 물을 때도 있었는데 그때도 모라는 무슨 말인지 안다는 듯 굴었다. 그 부녀에게 그런 대화 방식은 익숙한 모양이었다. 그 둘에게는 확실히 익숙하고 일상적인 교감 같은 게 있었다. 그건 엄마와 나 사이에는 없는 친숙함이었다. 그 사실을 확인하고 깨달을 때마다 내가 할 수 있는 일은 모른 척하는 것뿐이었다. 모르는 척, 아무렇지 않은 척, 못 본 척. 다행히도 그건 내가 아주 잘하는 일들이었다. 그 과정에서 아무렇지도 않은 척하다가 나중에는 정말 아무렇지도 않아진다는 것도 알게 되었다. 그건 여러모로 사는데 편리한 태도였다. 더는 울고 싶은 마음이 들지 않았다. 우리는 점점 사

시사철 컴컴한 바람 소리와 축축한 나뭇잎 냄새가 나
던 그 어두운 방에 함께 있는 시간이 줄었다. 각자에
게 친구가 생겼고 서로에게 감추는 것들이 늘어났다.
나는 바람처럼 집 바깥을 떠돌았고 모라는 대개 혼자
집을 지키거나 엄마가 미뤄둔 집안일을 했다. 그래봤
자 빨래를 널거나 설거지를 하거나 밥을 안쳐둔다든
지 하는 간단한 일들이었다. 그럼에도 모라가 없었
으면 어쩔 뻔했니, 라고 엄마는 자주 혼자 중얼거렸
다. 그 혼잣말을 나와 모라는 하는 대로 들었고 가끔
은 계부도 그 말을 들었다. 어이가 없었다. 그건 혼잣
말이 아니라 혼잣말을 빙자해 누구든 들으라고 하는
말이 분명했다. 네가 뭐가 모자라서 그년에게 뒤지냐,
고 몰래 쥐어박던 엄마가 그런 말을 누구든 들으라
고 하는 건 정말 웃기지도 않은 일이었다. 어떤 게 진
짜 엄마의 마음일까. 나는 엄마에게서 돌아설 때마다
그런 생각을 한다. 모든 말에 마음을 담는 것도 피곤
한 일이겠지만 마음에 없는 말만 하며 사는 것도 그
에 못지않게 피곤한 일일 텐데. 과연 엄마는 늘 피곤
하고 지루한 표정으로 집에 머물다가 물 먹은 화초
같은 표정으로 집 밖으로 나갔다. 드러내놓고 내색을

하지는 않았지만 들으라고 하는 엄마의 말에 모라나 계부의 표정이 달라지는 건 어쩔 수 없었다. 그럴수록 내 척, 하는 능력은 더 향상됐다. 나는 귀를 막지 않고도 안 들을 수 있었고 눈을 감지 않고도 눈먼 사람의 심정을 이해할 것 같은 기분이 들곤 했다. 그러나 지금은 창밖에 보이는 저 여자를 도저히 못 본 척할 수는 없을 것 같다.

터미널로 들어선 버스가 승차장에 정차하기도 전에 나는 승차장에 서 있는 한 여자를 본다. 모라다. 아직 나를 발견하지 못한 모라는 검정 원피스 차림에 빨간 가방을 어깨에 걸친 채다. 멀리서 보기에, 귀밑에서 잘린 단발머리로 동그란 얼굴을 비스듬하게 가린 모라는 크게 변한 게 없어 보인다. 마침내 승차장에 차를 댄 기사가 버스의 시동을 끈다. 기다렸다는 듯 자리에서 일어난 사람들이 버스 입구로 모여든다. 나는 느릿느릿 가방을 고쳐 매고 한숨을 쉰 다음 자리에서 일어선다. 바닥이 흔들리는 느낌에 좌석의 등받이를 붙잡는다. 아니, 흔들리는 건 나다. 여기까지 오기는 했지만 그게 내 의지인지 모라의 의지인지 나는 아직도 분간하지 못한다. 버스 계단에서 내려서는 나를 보자 모라가 입을 벌리고 대뜸 손을 흔든다. 다시 만난 사람들이 그런 것처럼. 일주일쯤 전에 헤어졌다 다시 마주하는 것처럼. 나도 웃어야 하나. 손을 흔들어도 괜찮은 상황인가. 알 수 없다. 이런 식으로 모라를 다시 만나게 될 거라고는 생각해 본 적이 없다. 죽음이 우리를 만나게 하다니. 우리는 만난 게 맞을까. 모라에게 다가서며 나는 생각한다. 죽음은 언제나 눈을 감은 자의 사진을 보는 것과 같다. 보고 있지만 끝내 보이지 않는 것. 영영…… 알 수 없는 것.

알아보지 못할까 봐 걱정했는데…… 괜히 걱정했네. 얼마만이야, 이게. 오느라 고생했어, 정말.

모라가 빠르게 말을 쏟아낸다. 가까이 다가서서 바라본 모라의 얼굴은 황태껍질처럼 푸석하다. 눈가의 자잘한 주름에 파운데이션이 껴 있는 것을 보고 나는 눈을 내리깐다. 이 와중에도 화장할 정신이 있다는 게 다소 놀랍지만 이런 건 그저 취향의 문제로 치부할 수 있다.

고생은 뭘…….

나는 눈길을 피한 채로 말끝을 흐린다.

여전하네. 정말 그대로야.

모라가 웃으며 말한다. 정말 반갑다는 듯 구는 모라에게 무슨 말을 해야 할지 몰라 나는 그냥 서 있기만 한다. 사람 두엇이 내 어깨를 치고 지나가고 그들이 끌던 가방이 모라의 발치를 아슬아슬하게 비켜 지나간다. 차와 사람들이 내는 소음이 머릿속에서 비누 거품처럼 부글거린다. 나는 모라에게 묻는다.

그런데, 어디로 가면 돼?

……그나저나 얘, 너 밥 안 먹었지? 우리 한술이라도 뜨고 가자. 이 근처에 설렁탕 잘하는 집이 있대. 설렁탕 괜찮지? 거기 괜찮대, 정말.

내 말을 듣지 못한 건지, 못 들은 척하는 건지 모라는 숨도 쉬지 않고 그렇게 말하고는 터미널 바깥쪽을 향해 걷기 시작한다. 냉큼 멀어지는 모라를 바라보던 나도 따라 걷는다. 끼니를 챙길 저 여유는 어디에서 비롯되는 것인지가 궁금하다. 사실 계부가 죽었다는 사실 외에는 아무것도 아는 게 없다. 내가 전날의 통화에서 그 사실에 대해 캐묻지 않았던 건 관심이 없어서였다기보다 통화로 주고받을 사연이 아닐 거라는 짐작 때문이었다. 모라는 분명 계부의 죽음을 누군가로부터 전해 들은 것처럼 말했다. 돌아가셨어, 가 아니라 돌아가셨대, 였던 걸 다시 기억해 낸다.

임종을 지키고 장례 절차를 꾸리는 일이 어떤 건지 알지 못한다. 그러나 지금처럼 터미널로 마중을 나오거나 다짜고짜 밥부터 먹자는 게 보통 상주의 태도가 아니라는 것 정도는 안다. 다른 사람도 아니고 자신의 아버지다. 7년 동안 내가 봤던 두 부녀는 별말 없이도 애틋하고 살가웠다. 도대체 무슨 일이 있었던 거냐고, 나는 앞서 걸어가는 모라의 가파른 뒷모습을 바라보며 중얼거린다.

*

모라가 나를 데리고 간 곳은 들고 나는 사람이 많은 식당이다. 나무 구슬로 만든 주렴을 헤치고 안으로 들어서자 묵직하고 쿰쿰한 냄새가 끼친다. 모라의 말이 그냥 하는 말은 아닌 모양이다. 보지 않아도 보이는 것이 있듯 먹어보지 않아도 알 수 있다. 우리는 창가 쪽에 마주 앉는다. 식당의 테이블 배치만으로도 음식의 맛을 짐작할 수 있다고 들은 적이 있다. 영업을 하느라 한 철에 서너 번 볼까 말까 한 정은 테이블 배치나 개수만으로 그 식당의 매출 규모까지 가늠할 수 있다고 했다. 굳이 그런 것까지 따질 필요가 있나 싶은 내게 내가 이 일을 왜 하는데요, 라고 햇빛에 그을려 콧등과 드러난 팔뚝이 새빨개진 정이 싱글거리며 말했다.

먹는 재미도 없으면 이렇게 못 떠돌지예. 다 먹고 살자고 하는 짓이잖니껴.

묘하게 방언과 표준어를 섞어 쓰는 정은 맛있는 걸 찾아 먹는 재미로 출장을 다닌다고 했다. 그리고 굳이 내게 자신이 출장을 다니며 익힌 식당 고르는 간단한 요령을 알려주었다. 간판이 소박하다 못해 허름하고 차림표가 단출한 곳. 그런 곳이면 열에 여덟은 숨은 맛집이라고 했다. 나는 벽에 붙은 차림판을 본다. 적힌 것이라고는 달랑 설렁탕과 꼬리곰탕 두 개뿐이다.

우리는 마주 앉아 설렁탕과 꼬리곰탕을 각각 주문하고는 별말이 없다. 얼마나 오랫동안 닦아대면 나무가 이렇게 결마다 부풀어 오를 수 있을까. 눈 둘 곳을 찾다가 테이블을 내려다보며 문득, 이렇게 오래된 테이블을 쓰는 식당이라면 맛도 오래되었을 거라는 생각이 든다. 오래된 맛. 그건 맛이라기보다 시간과 공간이 뒤섞인 향수鄕愁에 가까운 거다. 푸르죽죽한 이끼가 앉은 마당에 피어 있는 빨간 샐비어와…… 저물녘의 물비린내, 혹은 이웃의 부엌에서 새어 나온 짜고 매운 냄새 같은 것. 갑자기 허기가 콩나물처럼 자라기 시작한다. 뒤쪽에서 누군가가 끄는 의자 소리는 묵직하고 발을 움직일 때마다 신발 밑창이 바닥에 쩍쩍 달라붙는 걸 느낀다. 냄새가 촉각이 되어 사방에서 들러붙는다. 모라가 팔을 교차해 자신의 팔뚝을 서너 번 쓰다듬으며 그 소란한 감각 사이로 들어온다.

비가 와서 그런가…… 으슬으슬하네.

큰일 치르느라 그런 거지.

……큰일인가?

아닌가?

……그건 잘 모르겠는데,

모라가 잠시 뜸을 들이더니 어깨를 으쓱해 보이며 말을 잇는다.

이제 진짜 고아가 된 거 같기는 해.

나는 미안, 이라고 말한다. 따지고 보면 내가 미안해할 일은 아니지만 어쩐지 그렇게 말해야 할 것 같은 마음이다. 미안하지는 않지만 미안하다고 말하는 마음. 그 말을 한 번쯤 나도 해보고 싶었던 마음. 그런 게 있었다. 그 마음이 어떤 모양인지 들여다본 기억은 없다. 그건 아주 오래된 마음이고, 오래전 마음이니까. 멍한 표정의 모라를 멍하니 쳐다본다. 바짝 마른 수조처럼 물고기도 없이, 텅 빈 채 거기 있는.

모라는 네가 왜, 라거나 괜찮다고 끝내 말하지 않는다. 그저 아무 말 없이 자신의 목덜미를 주무르며 창밖을 볼 뿐이다. 웃음과 무표정 그 사이 어디쯤에 모라가 있다. 그사이에 주문한 탕이 나왔다. 기름기 없는 사태가 얇게 띄워져 있는 뚝배기는 내 것이고 모라 앞에는 큼지막한 뚝배기 위로 제법 실해 보이는 살점을 단 반골이 수북하게 쌓여 있다. 우리는 각자의 그릇에서 피어오르는 뽀얀 김 뒤에 숨어 말없이 국물을 뜬다. 고소한 맛이 끈적거리며 혀끝에 감긴다. 그 끝에 고기 누린내가 희미하게 목구멍을 넘어간다.

거짓말이야, 걔가 내 딸일 리 없어.

가게 중앙에 걸려 있는 TV 속에서 한 여자가 남자에게 소리친다.

그런 애가 어떻게 내 딸이야. 그렇게 천한 애가 어떻게……

곱게 화장을 한 여자가 얼굴을 일그러뜨리고 울기 시작한다.

미친년.

모라의 등 뒤에 앉아 TV를 보고 있는 빨간 등산모를 쓴 여자가 화면 속 여자에게 말을 걸 듯 웅얼거린다.

니가 니 딸보다 더 나쁜 년이야. 니가 니 딸을 망친 거라고.

TV 안에서 주먹을 쥔 남자가 말한다.

당신이 모든 걸 망쳤다는 생각은 안 해? 그 어린 걸 어떻게, 그 어린것에게 어떻게 그럴 수가 있냐고.

홀을 정리하던 종업원이 화면 속 남자의 말에 고개를 끄덕인다. 모라 뒤에 앉은 여자의 몸이 점점 TV 쪽으로 기우는 걸 보다가 나는 주변을 둘러본다. 나

와 모라를 제외한 대부분이 TV를 보고 있고 종업원
들도 오가며 TV 쪽을 흘깃거린다.

저거 재방송이야. 이번 주에는 친딸이 드디어 즈이
아버지 만났잖아.

내 등 뒤에서 한 남자가 자신의 동행에게 하는 말
을 들으며 나는 숟가락을 놓는다. 한자리에 모인 사
람들이 모두 같은 것을 보고 같은 말을 하는 세상을
구경하는 기분이다. 나는 불현듯 바깥에서 안을 보는
사람의 심정으로 모라를 흘깃 쳐다본다. 모라는 숟가
락을 쥔 채로 물끄러미 물컵을 보고 있다. 아무것도
보이지 않고 들리지 않는 사람처럼. 물컵이 거기 있
다는 걸 어떻게든 확인하고 싶은 사람처럼.

지금 나에게는 들리고 모라에게는 들리지 않는 말
들이 있다. 모라에게는 보이고 내게는 보이지 않는
것들이 있다. 다시 만났지만 우리는 여전히 서로에게
묻지 않는 말들이 있다. 나는 모라의 손을 본다. 손등
이 두툼하고 손가락이 짧고 뭉툭한 손. 그와 같은 모
양의 손을 가진 사람을 알고 있다. 손만 봐도 알 수
있는 것들이 있다. 모라는 계부를 닮았다. 그 사실을
이제야 깨닫는다. 아버지의 손을 물려받은 너는 그동

안 편안했냐고, 나는 묻고 싶다. 잠에서 깨어난 사람의 표정으로 모라가 나를 바라본다.

생각해 보니,

모라가 입을 연다.

처음이네.

잠시 무슨 말인가 싶어 모라를 쳐다보다가 나는 쓴웃음을 지으며 고개를 끄덕인다. 우리 둘이 집이 아닌 곳에서 이렇게 마주 앉아 있는 것이나 마주 앉아 뜨거운 사골국을 먹는 것이나, 모두 이전에는 한 번도 경험하지 못했던 일이다. 소뼈를 사다가 찬물에 담그거나 지방을 제거한 뼈를 밤새 끓여 상에 올리는 엄마를 상상해 보다가 포기한다. 상상은 원래 경험 세계에서 비롯되는 것이니까.

엄마한테 얘기 안 했지?

뚝배기 안을 숟가락으로 휘휘 저으며 모라가 묻는다.

그럴 틈이 없었어.

그게 사실이다. 모라의 통화 후 엄마와 얼굴을 마주할 틈이 없었다. 전화나 문자로라도 이 사실을 알려야 하나 잠시 망설였으나 엄마의 반응은 불을 보듯 뻔했다. 아버지나 계부나, 이제 엄마에게는 없는 사람들이기는 마찬가지였다. 내가 아는 엄마는 없는 사람을 추억하거나 애도하는 일 따위는 하지 않는 사람이었다. 어쩌면 내가 이곳에 온 걸 알면 오지랖 운운하며 잔소리를 쏟아낼지도 모른다.

잘했어. ……좋은 일도 아닌데 뭐.

……좋은 일이라는 거, 그건 뭘까. 나는 생각한다. 떠오르는 것이라고는 북극의 오로라처럼 아득하고 모호한 것들뿐이다. 그게 있다는 건 알지만 생전에는 한 번도 보거나 겪지 못할 일들. 반면에 나쁜 일들은 훨씬 생각하기 쉬웠다. 길을 가다 지폐를 주울 확률보다 차에 부딪히거나 넘어질 확률이 훨씬 큰 세상이라는 걸 나는 안다.

모라야.

나는 아주 오랜만에 모라를 소리 내어 불러본다.

응.

좋은 일이라는 건 뭘까.

좋은 일이 좋은 일이지.

축, 자 붙는 단어들 있잖아. 결혼, 승진, 개업 같은 것들 말이야. 그런 게 좋은 일인가.

　그런 게 있기는 한 세상이야?

　모라가 웃으며 대답한다.

　그럼 없는 거네. ……우리 사이에도 좋은 일 같은
건.

　모라는 긍정도 부정도 하지 않지만 나는 안다. 아
마 이런 일이 아니었으면 모라는 내게 전화하지 않았
을 거다. 우리는 헤어지는 순간부터 오직 부고 앞에
서나 겨우 만날 수 있는 사이가 되었던 거다. TV 소
리만 들리던 식당 안이 소란스러워지기 시작한다. 주
렴을 헤치고 한 무리의 사람들이 우르르 식당 안으로
쏟아져 들어온다. 점심 무렵이다. 이미 숟가락을 놓은
모라가 휴대전화를 꺼내 시간을 확인한다. 상주를 너
무 오래 붙들고 있었다는 자책을 하며 나는 자리에서
일어나 계산대로 향한다. 등 뒤에서 급하게 의자를
밀고 자리에서 일어서는 모라의 기척이 들린다.

*

　그럴 만한 사정이 있었어, 라고 모라는 말했다. 앞 좌석의 등받이를 붙잡고 좌석 끝에 길게 뺀 엉덩이를 걸친 모라는 여차하면 차 문을 열고 뛰쳐나갈 사람 같았다. 눈두덩이 꺼지고 말을 할 때마다 입가의 보조개가 주름살처럼 깊이 팬 모라의 옆모습은 얼핏, 나이를 가늠하기 어려워 보인다.

　어떤 사정?

　그렇게 묻고 나서야 모라의 사정이나 형편에 대해 아는 것이 전혀 아는 것이 없다는 걸 깨달았다. 실은 궁금하지만 아무것도 물을 수가 없었다. 분별없는 사람들을 통해 대뜸 결혼 유무나 직업, 학력이나 학번 등의 사정을 묻는 게 얼마나 폭력적인지 충분히 경험한 나로서는 그런 질문을 섣불리 할 수가 없었다. 게다가 만난 지 한 시간이 훌쩍 넘도록 모라는 한 번도 자신의 사정에 대해 언급하지 않았다. 그건 일부러 말하지 않는 거거나 못하거나, 둘 중 하나라는 뜻이다. 그 어느 쪽이든 그건 모라의 마음이다. 마음은 마음대로 할 수 없으니까 마음이 가는 대로 놔둘 수밖

에 없다. 그러나 우리가 탄 택시가 왜 병원의 장례식
장이 아니라 승화원이라는 곳을 향하는지 묻지 않을
수 없었다. 내가 그랬던 것처럼 우리가 올라탄 택시
기사도 모라가 말한 승화원이 어디인지 처음에는 알
지 못하는 눈치였다.

가방에서 메모지를 꺼낸 모라가 주소를 또박또박
읽어주었다. 기사는 내비게이션에 불러주는 주소를
입력하고는 혼잣말처럼 중얼거린다.

아, 화장장.

기사는 끙, 하는 소리를 내며 핸들을 틀어 택시 승
강장을 빠져나온다. 나는 묻는다.

장례식장으로 가는 거 아니고? 장례식은 끝난 거
야? 벌써? 언제 돌아가셨는데, 대체.

……노라야.

모라가 가느다랗게 한숨을 내쉬고는 나를 부른다.

그런 거 안 하기로 했어. 부를 사람도 없고……. 공
영장례 제도라는 게 있더라고. ……시신위임서도 제
출했어.

나는 생각한다. 안 하기로 한 장례식이나 공영장례

제도라는 것과 시신위임서에 대해. 확실하지 않지만 그건 계부의 죽음 후에 남은 절차와 권리를 모두 포기했다는 말처럼 들린다. 도대체 무슨 상황인지 나로서는 알 도리가 없다.

……너라면 16년 만에 죽어서 돌아온 아버지를 어떻게 하겠어? 16년 동안 소식을 끊었다가 나 죽었소, 하는 연락이 오면 아이고, 어서 오세요, 아부지 하겠냐고. 난 그게 잘 안 되더라.

……왜 그렇게 된 건데.

왜긴, ……돈 때문이지.

모라가 희미하게 웃으며 말한다. 원래 아무 때나 웃는 편이었지만 정말 이 아이는 아무 때나 웃는다고, 새삼 나는 생각한다. 모라의 말에 덧붙일 말은 생각나지 않는다. 그 돈 때문이라면 어떤 일에도 개연성이 생긴다는 걸 알 뿐이다. 웬일인지 달리던 택시의 속도가 느려진 것 같다. 못 간다고……, 못 간다고 전해라……. 기사가 틀어놓은 라디오에서 흘러나오는 그 반복되는 음절의 노래를 들으며 나는 등받이 너머로 보이는 전면의 도로를 멍하니 바라보고 있다. 도로변을 메운 건물들은 한결같이 말끔한 아파트 일색이다. 차고 높은 저 건물들에는 층마다 각각의 가격이 매겨져 있다는 건 일찌감치 알았다. 누구도 가르쳐준 적은 없지만, 그냥 알게 되는 것들이 있다. 저곳에 내 자리가 없다는 걸 알게 된 것도 그중 하나다. 나는 어느 해 겨울을 지나며 많은 것을 알았고 그 과정에서 포기하는 법을 배웠다. 모라도 그런 나와 크게 다르지 않다는 걸 깨닫는다. 못 온다고 할걸. 점점 불편하고 불안해진다. 이 불안의 이유를 알 수가 없다. 가도 가도 보이는 것이라고는 아파트뿐인 길이다. 이 길 너머 어딘가에 화장장이 있다는 게 믿어지지 않을 정도다. 죽음이 이토록 가까이 있을 리 없다. 허공에서 구름이 점점 몸집을 부풀리는 게 보인다. 어디에서 출발해 어디로 가는지 잊을 정도로 순식간에 거대해진 구름의 그림자가 도로를 덮는다. 하얗고 선명한 구름. 보이는 세상과 전해 듣는 세상의 시차로 아무 생각도 할 수가 없다. 어제 이 시간쯤 나는 모종을 구경하는 두 여자를 CCTV로 훔쳐보며 당근 종자 포장지를 디자인했고 창틀에서 비둘기가 씨앗을 쪼아 먹는 걸 보며 혈관에 좋다는 미나리에 흑미가 섞인 밥을 꼭꼭 싸 먹고 있었는데. 지금 이곳에서 나는 왜 할 말을 지우고 들은 말을 되씹고 있는 걸까.

……16년이야, 16년 동안 고아로 지냈다고.

모라가 갑자기 그렇게 내뱉는다. 흠칫 놀란 나는 차 안이 지나치게 조용하다는 걸 깨닫는다. 내내 웅얼거리던 라디오 소리가 들리지 않는다. 어느 틈엔가 기사가 끈 모양이다. 모라의 말에 기사는 두어 번 헛기침을 하고 나는 모라의 어깨를 어색하게 토닥인다. 모라는 잠시 뻗은 두 팔 사이에 얼굴을 묻은 채 말이 없다. 나는 모라의 등이 크게 부풀었다가 천천히 가라앉는 걸 보고 있다. 아무것도 할 수 없을 땐 숨쉬기에 집중하라고, 누군가로부터 들은 기억이 있다. 오래 들이마시고 깊이 내뱉는 것. 그 말을 나에게 해준 사람이 누구였는지는 기억나지 않는다. 지금 내가 아는 것은 그 큰 숨쉬기 사이에 어떤 말들이 숨어 있는지 알고 싶지 않다는 것뿐이다. 우리는 아주 오래 전에 헤어졌으니까.

이혼을 먼저 요구한 건 엄마였다. 집을 지킬 방법은 그것뿐이라고 했다. 그 결정을 두고두고 다행스러워하는 엄마는 그게 자신을 긍휼히 여긴 신 덕분이라는 말도 잊지 않았다. 그렇게 엄마는 믿음으로 혼자 구원받았다. 그리고 이제 그분이 계시는 한, 우리는 아무것도 두려워할 필요가 없다는 말로 나 또한 구원받을 것을 종용한다. 내가 재취업을 한 것도, 자신의 왼쪽 가슴에서 발견된 종양이 사실은 종양이 아니라 간단한 수술로 완치 가능한 석회 덩어리라는 검사 결과가 나온 것도, 자신이 지지하는 정당이 아슬아슬한 표차로 집권당이 된 것도 다 그분 덕분이라던 엄마의 말이 차례차례 머릿속을 지나간다. 아무것도 모르는 엄마는 지금쯤 뭘 하고 있을까. 뭘 모른다는 무구함이 얼마나 끔찍한 일인지 생각한다. 누구에게나 더는 순진과 무구가 면죄부가 될 수 없는 나이가 온다. 가슴이 답답해서 손바닥으로 명치 끝을 문지른다.

……갑자기 네 생각이 나더라.

왜.

그냥.

정말…… 난 아무것도 몰랐어.

그래서 생각이 났나 봐.

뭘 모르니까 오라고 한 거야?

응.

모르는 게 도움이 되나?

모르니까 도움이 되지.

그건 뭐지?

……그때, 나는 좋았어. 아마 아버지도 그랬을 거야.

…….

마지막이니까……. 그게 마지막이었으니까.

이후의 시간은 없는 것처럼 모라는 말한다. 나는 기사의 목덜미에 어린 호기심을 못 본 척 창밖으로 고개를 돌린다. 지상은 한층 낮아지고 아파트 사이로 먼 산의 능선들이 푸릇해지는 계절이다. 혼자 맞는 죽음을 다룬 기사를 본 적이 있다. 혀를 찼으나, 읽다가 그만뒀나. 잘 기억나지 않는다. 그런 죽음은 언제나 먼일이었고 나는 내 아버지를 닮아 상관없는 일에는 자주 눈을 감는 사람이다. 모라 부녀는 오래전에 내 삶에서 떠났다. 남은 기억도 끊어진 구슬 목걸이처럼 어디론가 굴러갔다가 불현듯 하나씩 굴러 나오는 게 고작이었다. 간혹 거래처 관리를 하다가 57로 시작하는 주민번호를 발견하거나 반백의 배송원과 마주칠 때 막연히 계부를 떠올리는 게 내가 한 일의 다였다. 그때마다 잘 살 거라고, 부지런하고 순한 사람이었으니 호의호식까지는 아니더라도 평범한 말년을 지낼 거라고 생각했다. 그런 순간이 반복되다가 나중에는 천만다행이라는 생각이 들기도 했다. 오랜 시간이 지나서 깨달은 거지만 사실 나는 처음부터 엄마와의 이혼에 찬성하는 쪽이었다. 누굴 편하게 할 성격이 아닌 엄마는 자신만의 삶이 있는 사람이었을 뿐만 아니라 타인의 삶조차 자기화하는 경향이 강한 사람이다. 그건 누구보다 내가 가장 잘 알았다.

집안 곳곳에 압류 딱지가 붙던 날을 기억한다. 인쇄소를 운영하던 계부가 돌아온 어음을 막지 못해 생긴 일이었다. 그런 일들이 도처에서 일어나던 때였다. 자식 복도 없는 박복한 년이 서방 복이 있겠냐고, 그즈음의 엄마가 주문처럼 외고 다니던 말을 떠올린 나는 고개를 젓는다. 결코 두 번 떠올리고 싶지 않은 시절이었다. 계부는 날마다 눈을 희번덕이며 나갔다가 연체동물처럼 흐느적거리며 들어왔고 그때마다 문이 닫힌 안방에서는 온갖 것들이 깨지고 부서지는 소리가 새어 나왔다. 던지고 깨는 건 주로 분을 못 이긴 엄마 쪽이었고 계부가 한 건 주먹으로 내리쳐 문에 두어 개의 구멍을 낸 게 고작이었다. 모라와 나는 깨진 거울이나 베개에서 흘러나온 메밀껍질을 쓸어 담으며 울다 웃고, 웃고 울다 나중에는 아예 무감각해졌다. 찢어진 방충망을 테이프로 고정시키며 집안에 들어왔을 가을 모기 따위를 걱정하던 날도 있었다. 겨울이 아니어서 그나마 다행이라는 말을 했던 건 나였을까, 모라였을까.

그즈음 모라와 나는 알고 있었다. 우리가 곧 한 번도 만난 적이 없는 사람들처럼 헤어지게 될 거라는 사실을 말이다. 서로의 옷이 뒤섞인 서랍장을 정리하고 언제라도 챙길 수 있도록 꼼꼼히 각자의 책을 구분해 놓았던 건 누가 시켜서 한 일이 아니었다. 그건 암묵적으로 합의된 예감이었다. 그 예감에 대비하는 게 그때 우리가 할 수 있는 일의 전부였다.

택시가 한적한 길로 들어선다. 온갖 상조회사들의 플래카드가 가로수 허리통에 두어 개씩 매여 있는 걸 보며 말을 꺼내는 사람은 없다. 더는 물을 말도 할 말도 생각나지 않는다. 나는 입을 다문 채 눈앞에 나타난 풍경을 바라본다. 잘 가꾸어진 풀밭 너머로 나지

막한 건물이 보인다. 돔형의 지붕을 씌운 건물은 널찍하고 어둡다. 알고 오지 않았다면 기관이나 관공서라고 해도 전혀 어색하지 않을 정도로 말끔하게 정돈된 곳이다. 석조로 단장한 입구에 상복을 입은 사람들이 보인다. 내내 멍한 표정으로 앉아 있던 모라는 몸을 한 번 부르르 떤다. 차가 멈춘다. 주머니에 미리 준비해 두었던 카드를 내민다. 모라가 카드를 쥔 내 팔을 끌어 내리며 자신의 주머니를 더듬는다. 내가 밥값을 계산한 게 마음에 걸린 모양이다. 우리는 카드와 지폐를 동시에 내밀며 기사를 재촉한다. 기사의 얼굴에는 망설이는 기색이 역력하다.

머니머니 해도 현금이 최고죠, 기사님.

모라가 운전석 옆의 콘솔박스 위에 지폐를 내려놓으며 그렇게 말하고는 차에서 내린다. 슬그머니 그 지폐를 집어 올리는 기사와 눈이 마주친다. 기사가 눈을 질끔 감아 보이며 말한다.

그냥 잘 보내드리소.

그런 말을 사람들은 자주 했다. 잘 보살피라든지, 잘 부탁한다든지, 네가 잘해야 한다는 말들. 그런 말을 듣다 보면 어쩔 수 없이 왜 그게 나여야 하는지 궁금해지곤 한다. 나는 뭘 잘하는 사람이 아니다. 평생 뭔가를 잘해본 적이 없다. 엄마도 그걸 알아서 네가 하는 일이 다 그렇지, 라거나 너는 왜 그 모양이냐고 핀잔을 주기 일쑤였다. 그런 말을 들으며 자라서 그렇게 된 건지 그렇게 태어나서 그런 말을 듣는 건지는 알 수 없다. 다만 분명한 건 내가 뭘 잘 못한다는 사실뿐이다. 나는 연애나 사람들과의 인간관계, 심지어 돈 계산과 흥정에도 서툴렀다. 아무리 반복해도 나아지지 않았다. 시키는 대로 하면 업무 마인드가 없다고 했고 내 의견을 말하면 시킨 일이나 먼저 잘하라는 얘기를 들었으며 애인의 바쁜 사정을 고려하면 애정이 없어서 그러는 거라는 말을 들어야 했다. 사람들은 내게 집착이라든가 결핍이라는 말을 자주 썼다. 심지어는 동네 고양이들조차 내가 밥을 주면 먹지 않고 밥을 안 주면 창 밑에서 밤새 울었다. 나는 피로했다. 뭔가를 잘하기 위해 노력하면 할수록 점점 그랬다.

그건 내가 잘 할 수 있는 일이 아니라고,

나는 차에서 내리며 중얼거린다.

희미한 향내에 풀냄새가 뒤섞여 흘러든다. 어디선
가 새가 운다. 삐이, 뻣, 뻣, 뻣. 삐이, 뻣, 뻣, 뻣. 아마
앞서 멀어지는 모라에게는 들리지 않고 나에게는 들
리는 소리일 거다. 그건 같은 소리를 들으며 다른 꿈
을 꾸는 것과 다른 차원의 문제였다. 그런 시절은 이
미 지나갔다. 아니, 그렇게 믿던 시절이 있었을 뿐이
다. 나는 쇄석이 깔린 주차장을 빠른 걸음으로 가로
지른다. 대형 버스 근처에서 담배를 피우던 몇 사람
이 나를 쳐다본다. 몇 개의 계단 올라가자 잘 가꾸어
진 풀밭을 성의 없이 밟으며 건물 쪽으로 걸어가는
모라가 보인다. 날은 이미 오전에 개었지만 걸을 때
마다 축축한 풀 냄새가 발등을 타고 올라온다. 건물
입구에 걸린 현황판을 올려다보는 모라의 뒷모습을
확인하고 나도 따라 멈춰 선다. 어두운 실내에서 한
무리의 곡소리가 풀밭까지 흘러나온다. 아이고, 아이
고……. 일정한 리듬과 간격을 가진 그 울음은 소리
일까, 말일까. 나는 손차양을 하고 모라가 그런 것처
럼 현황판을 본다. 양씨 성을 가진 이름은 하나뿐이

다. 그러므로 전광판에 떴다 사라지기를 반복하는 저 이름은 분명 계부의 이름일 거다. 나는 손차양을 했던 손을 내리며 그 이름을 재차 읽는다. 양판수. 내 기억 속 계부의 이름은 양판규였다. 눈앞에서 점멸하는 양판수라는 이름을 보며 양판규를 생각한다. 두툼하고 뭉뚝한 손가락을 가진 그 사람이 내게 화를 낸 기억은 없다. 막걸리를 좋아했으나 엄마 앞에서는 결코 내색하지 않았던 그는 엄마가 집을 비우는 날이면 가끔 모라와 나를 데리고 동네 실비집에 가서 주먹고기를 시켜주고 자신은 막걸리 한 병을 아껴 먹는 것으로 끼니를 때우던 사람이었다. 늘 남색 작업복 차림이었던 그를 떠올리면 얼굴보다 먼저 그 작업복 가슴에 새긴 노란색 글씨가 먼저 떠오른다. 나에게 영원인쇄는 언제나 노란색이고 노란색을 보면 영원이라는 단어와 남색 점퍼가 떠오를 정도였다. 그건 의미가 아니라 어떤 이미지, 혹은 하나의 세계였다. 너무나 당연해서 한 번도 의심하거나 따져보지 않는 세계. 그 세계가 실은 진짜가 아니었다는 걸 알게 되면 그건 없는 세계가 될까.

물론 이름 같은 건 잘못 알고 지냈을 수도 있다. 그런 오해를 교정할 기회도 몇 번쯤은 있었을 거다. 그러나 엄마와 나는 그 시절에 대해 철저히 침묵했다. 우리는 어떤 겨울 이후로 이름을 지우고 기억을 지우고 공간, 혹은 시간까지 지우는 걸 암묵적으로 합의한 거였다. 침묵하면 대부분의 일상이 순조롭고 평온했으니까.

　그런데 그건,
　나는 고개를 들어 해가 드는 환한 입구에서 어두운 실내로 걸어 들어가는 모라를 보며 생각한다.
　누구의 잘못일까.

반은 맞고
반은 틀리다

다시 만난 노라는 내가 기억하는 모습에서 별로 변한 것이 없어 보인다. 아무것도 몰랐다고 말하는 버릇도 여전한 거 같다. 예전부터 노라는 뭘 잘 모르는, 눈치가 젬병인 아이였다. 문득 네 소식이 궁금했다는 내 말에도 노라는 어리둥절한 표정을 지어 보인다. 그건 어쩌면 당연한 일이다. 그 아무것도 모른다는 사실이 내게 어떤 위안이 되었는지 노라는 평생 알지 못할 거다.

내가 본 바에 의하면 노라는 누군가 위로할 일이나 누군가로부터 위로받을 일을 겪어본 적이 없다. 더구나 버림받은 마음으로 누군가를 기다리거나 뭔가를 간절히 바란 나머지 바란다는 사실조차 잊게 되는 순간의 경험 같은 것도 없는 게 분명하다. 지금도 노라는 멀뚱히 나를 보기만 한다. 그게 이 아이의 진짜 마음이라는 걸 나는 안다. 하고 싶은 말은 하고 하기 싫은 일은 하지 않으며 숨기거나 참는 것에도 익숙하지 않은 아이. 내가 아는 노라는 그런 애였다. 그런 노라를 어떤 사람들은 순수하다고 했고 또 어떤 사람들은 자기밖에 모르는 애라고 했다. 그 극단적인 세간의 평가에서 나는 노라가 후자에 더 가깝다고 생각하는 편이다. 노라는 도통 자신 이외의 일에 관심이 없어서 매번 눈을 끔뻑거리거나 멍하니 딴 곳을 바라보기 일쑤였다. 그런 노라와 함께 지냈던 시간은 혼자 묻고 혼자 대답하는 나날의 연속이었다. 논리적으로 설명하기는 어렵지만 그래서 구구절절 지난 사정이나 형편을 묻는 지나친 반응으로 나를 불편하게 할 일은 없을 거라는 믿음이 있다.

언제부턴가 나는 이해한다는 말을 쉽게 하는 사람이 싫었다. 굳이 이해하지 않아도 되는 일까지 관심을 보이며 이해하려고 드는 사람들이 생각보다 훨씬 많다는 걸 알고 난 뒤로는 더욱 그랬다. 정말이지 내가 아는 사람들 대부분이 나를 너무 쉽게 이해한 나머지 다소 함부로 대하는 경향이 있다. 그런 건 이해가 아니라고 어느 순간부터 나는 자주 생각한다. 이해와 동정을 구별하지 못하는 사람보다는 차라리 아무것도 모르는 사람 쪽이 훨씬 대하기 편하다. 노라와 7년을 그나마 별일 없이 함께 지낼 수 있던 것도 그런 이유였을 거다. 어쩔 수 없이 사람들과 어울려야 하는 순간마다 나는 가끔 노라와 나 사이에 떠돌던 느슨한 적막과 외로움이 그리웠다. 물론 그렇다고 처음부터 노라를 떠올린 건 아니었다.

집 안의 온갖 구멍 깊은 곳에서 용트림 소리가 구린내와 함께 올라오던 날이 있었다. 그 소리와 냄새에 더럭 겁을 먹은 건 이미 두 번의 물난리로 대부분의 세간을 잃었던 경험 때문이었다. 어떤 난리의 기억으로 예민하고 소심해진 사람이 나뿐만인 건 아니라는 사실을 나는 집 밖으로 뛰쳐나오고서야 알았다. 이미 컴퓨터 두 대를 잃은 전력을 가진 내가 노트북 가방을 챙겼듯 같은 건물에 사는 이웃들 역시 뭔가를 한두 개씩 들고 나온 채 자신들의 화장실이며 개수대가 쿨럭거리는 소리를 들으며 서 있었다. 열어젖힌 문마다 구린내가 폭죽처럼 피어오르던 저녁이었다. 그중 가장 마지막에 문을 열고 나온 사람은 내 옆집에 사는 사람이었다. 잠이 덜 깬 표정으로 문을 연 그는 한 무더기의 책을 안은 채였다. 그 이웃이 통성명도 없이 자신이 안고 나온 책들을 나에게 떠넘기듯 안긴 것이나 순순히 내가 그것들을 받아든 것은 어떤 난리의 기억을 암묵적으로 공유했던 탓일 거였다. 이웃은 가지고 나와야 할 책이 더 있다고 했다.

책이라니.

나는 이웃이 나에게 떠안긴 게 고작 책이라는 사실이 신기했다. 두고 나온 게 반려동물이나 귀중품이라면 몰라도 고작 책을 가지러 저 구린내 소굴로 되돌아가는 이웃을 이해하는 건 쉽지 않았다. 물론 내가 상관할 일은 아니었다. 내가 한 일이라고는 그것들을 내 발치의 연석沿石에 내려놓은 게 전부였다. 그 조심스러운 행동이 나머지 책을 들고 나오던 이웃의 비명 같은 외마디 소리를 들을 일인가 싶었다. 달려온 이웃은 발을 굴렀고 나는 그 꼴을 바라보았다. 어이가 없어서 당황스러울 지경이었다.

애들이요, 애들이 돈 주고도 못 구하는 애들이라고요.

이미 열 권 남짓한 책을 안은 채인 이웃은 어쩔 줄 모르겠다는 표정으로 내 발치의 책들을 바라봤다. 돈이 있어도 못 사는 책들은 도대체 어떤 책들일까. 나는 멍청히 서서 그런 생각을 하며 이웃의 꼴과 발치의 책을 번갈아 바라봤다. 발치에 내려놓은 책은 한눈에 봐도 낡고 더러워 보이는, 폐지 더미처럼 보였고 이웃이 걸친 것이라고는 러닝에 속곳 같은 파자마가 전부였다. 하는 짓이나 입은 꼴이 어쩐지 상식적인 사람으로 보이지 않았다. 고작 헌 책 따위를 웃돈까지 주고받는 사람들이 있다는 것도 별로 믿음직한 말은 아니었다. 미심쩍은 심정이 된 나는 손을 바지춤에 문질러 닦으며 발치에서 놓인 책 더미를 다시 내려다보았다. 더미의 맨 위에 놓여 있는 책은 큼지막한 한자가 인쇄된 책이었다. 이웃이 내 쪽으로 한발 다가서 내 귓가에 자신의 얼굴을 가져다 댄 건 이런 책 따위는 줘도 안 가진다는 생각을 할 즈음이었다.

우리보다 오래 산 책들이라구요. 100년 된 애들도 있다, 이 말입니다.

그게 굳이 귓가에 대고 소곤거릴 일인가 싶으면서도 내려놓았던 책 더미를 얼결에 다시 챙겨 안은 나는 생각했다.

100년이라니.

마스크를 챙겨 쓴 한 무리의 사내들이 다가오는 걸 바라보며 100년이라는 시간을 생각했다. 여러 경로를 통해 이미 집이 사라지고 있던 사람이 사라지고 산이 없어지거나 강이 말라버리는 데 걸리는 시간은 1년, 아니 순식간에도 일어날 수 있다는 걸 이미 알고 있었다. 100년이라는 시간은 도달 불가능한 어떤 절대적 시간이라는 생각이 들었다. 이웃의 말이 사실이라면 불쏘시개로도 쓰기 어려워 보이는 발치의 책이 그 불가능성을 가뿐히 뛰어넘어 이곳의 어느 반지하 집에서 여전히 나이를 먹어가고 있는 셈이었다. 그건 어쩐지 조금은 놀라운 일이라고, 나는 생각했다.

100년이면 내가 한 번은 죽었다가 다시 태어날 수 있는 시간이었다. 아니, 두세 번도 가능했다. 다시 태어나고 싶지는 않았지만 어쩌면 나는 다시 태어나 살고 있는 중일 수도 있었다. 그런 게 가능할 거라는 생각은 처음이었다. 죽었다가 다시 태어나는 일. 내가 없는 시간 동안 내내 있던 것들. 그런 것들이 있었다. 군데군데 모인 사람들 사이에서 정화조, 역류 따위의 말들이 들려왔다. 문득, 역류든 터진 정화조든, 그런 건 비단 이곳이 아니더라도 어디서든 일어날 수 있는 일이라는 생각이 들었다. 나는 눈앞에서 일어나고 있는 저녁의 소동을 낯설게 바라보았다. 살다보면 생길 수 있는 일상적 소동이었다. 내일이면 웃으면서 말할 수 있을 만큼 가벼운. 이웃이 말한 100년이라는 시간 때문인 것 같았다. 냄새의 출처와 상황을 납득한 사람들이 부여잡았던 코에서 손을 떼고 하나둘 각자의 집으로 되돌아가고 있었다. 곁에 선 이웃이 내 눈치를 보며 엉거주춤 서 있는 게 보였다. 어느덧 주변의 불빛들이 한층 밝아 보이는 시간이었다. 구린내 사이로 따뜻하고 매운 냄새가 섞이는 걸 느꼈다. 갑자기 맹렬한 허기가 밀려왔다. 나는 이웃과 함께 더럽고 무거운 책들을 안고 집 쪽으로 걸어갔다.

……애들이요, 정말 소중한 애들이라서요.

문 앞에서 이웃이 그렇게 말했을 때 나는 어색하게 웃으며 고개를 끄덕였다. 비록 내 상식과 결이 다른 사람이라고는 해도 이웃이므로 이웃답게 굴고 싶었다. 집 나간 아버지도 용서할 수 있을 것 같은 저녁이었으므로 그 정도쯤은 아무것도 아닌 일이었다. 그러나 잘못 배달된 택배만 아니었다면 아마 이웃과 내가 다시 말을 섞거나 노라를 떠올릴 일은 없었을 거다.

낯선 택배 상자를 받아 든 건 그로부터 며칠이 지나지 않아서였다. 잠결에 받은 택배의 겉면에는 〈왼쪽 문 김용지 앞〉이라고 적혀 있었고 내가 사는 집은 〈오른쪽 문〉이라는 주소를 갖고 있었다. 어느 날부턴가 자주 왼쪽 문의 택배와 오른쪽 문의 택배가 바뀌는 건 아마 구역을 새로 정비하는 와중에 택배 기사가 바뀐 탓인 것 같았다. 이미 안면을 튼 김용지 씨와 나는 현관문을 경계로 안과 밖에 서서 왼쪽과 오른쪽, 혹은 오른쪽과 왼쪽을 잘 구별하지 못하는 유형의 사람들에 대한 경험을 나누었고 나누다 보니 자꾸 말이 길어져서 얼결에 김용지 씨의 집 안으로 들어가는 지경에 이르렀다. 왼쪽과 오른쪽 구별이 어려운 사람은 생각보다 많은 모양이었다. 김용지 씨는 내가 사는 집을 왼쪽 집이라고 불렀고 나는 김용지 씨의 집을 오른쪽 집이라고 생각했는데 그 생각을 말로 옮기다 보니 자꾸 왼쪽과 오른쪽이 헷갈려서 우리는 그만 서로를 보며 웃고 말았다. 김용지 씨는 웃으며 택배 상자를 풀렀다. 김용지 씨의 고향에서 부쳐 온 그것은 약밥과 직접 담근 술과 나물, 김치 일색이었다. 어차피 반쯤은 버리게 될 거라고 했다. 그것과 상관없이 그걸 나누자는 그의 제안을 쉽게 받아들인 건 우리가 서로의 왼쪽과 오른쪽이라는 뻔한 발견을 한 탓일 거였다. 그게 그 자리에 앉아 함께 먹고 마시게 된 이유일 것이기도 했다. 어쩐 일인지 그날만큼은 타인의 성의를 거절하고 싶지 않았다. 상원上元 즈음이라고 했다. 물론 나는 상원이 뭔지 몰랐으나 굳이 그런 말을 할 필요는 전혀 없었다. 그저 고개를 끄덕이며 막연히 명절 기분에 젖었다. 이상하게 들뜨고 한편으로는 딱 그만큼 외로웠다. 우리는 먼 곳으로부터 전해져 온 음식들을 바닥에 깔아놓고 천천히 먹고 마셨다. 직접 담근 오가피주는 쌉쌀하면서도 향이 좋았고 나물들 또한 고소하고 간이 적당해서 씹는 맛이 있었다. 내 기억에 그런 음식과 술은 생전 처음이었다. 아무리 살아도 여전히 처음인 것들이 있다는 사실이 새삼스러웠다. 나는 조금씩 서러워졌고 자리를 잡기 전에는 부모를 볼 면목이 없다는 김용지 씨는 눈을 지그시 감고 회한에 젖었다. 달도 보이지 않는 창 밑에서 마주 앉은 우리는 별말 없이 각자의 사정에 어지간히 취했다. 창문은 있었으나 풍경은 없는 집에서 혼자 있고 싶지는 않지만 함께 있는 게 어색한 나와 김용지 씨가 술을 마시며 할 수 있는 건 음악을 듣거나 어느새 구린내에 길든 후각을 자각하며 침묵을 견디는 일뿐이었다. 김용지 씨는 자주 목덜미를 쓰다듬으며 쿵쿵, 소리를 냈다. 어색해서 긴장하고 긴장해서 자신도 모르는 버릇들이 나오는 모양이었다. 보기보다 고지식하고 순수한 사람이라고 나는 생각했다. 책장에서 아낀다는 책을 꺼내 웬 신여성의 시를 읊기 시작한 김용지 씨도 나와 크게 다른 마음은 아닌 것 같았다. 노라 씨에게, 라는 시라고 했다. 많고 많은 이름 중에 하필 이웃이 고른 게 노라 씨여서 나는 술잔을 비우며 내가 아는 유일한 노라를 생각했다.

숱 많고 새카만 머리카락을 풀어 헤친 채 학교 조회대 계단에 앉아 자신을 기다리던 노라의 모습이 어제 일처럼 떠올랐다. 한사코 치마를 입으려 들지 않던 그 아이는 윗옷의 단추를 목 밑까지 꼭꼭 채우는 습관을 가졌고 곁눈도 주지 않은 채 앞만 보고 다니던 아이였으며 학급의 사내애들이 자신을 흘끔거리거나 하교 후 고기 냄새를 맡은 고양이마냥 자신의 뒤를 졸졸 따르는 걸 몰랐던 것으로도 모자라 오가던 이웃 사람들이 굳이 자신을 불러 머리를 쓰다듬으며 말을 붙이거나 등교 때마다 자신의 어미가 기를 쓰고 자신을 단장시키고 싶어한 이유에도 별 관심이 없었다. 한마디로 노라는 자기 바깥세상에는 통 관심이 없던 아이였다. 나는 김용지 씨의 둔해진 발음에 귀를 기울이며 아무것도 모르던 그 노라를 생각했다. 여전히 맹하고 둔하고……, 예쁜 아이로 살고 있는지 궁금했다. 여전히 그렇게 살고 있을까 하다가 여전히 그렇게 사는지 알고 싶어진 거였다. 아무것도 모르는 노라를 떠올린 건 아주 오랜만의 일이었다. 그렇게 생각하니 마음이 한결 좋았다.

*

　엄마가 생기면 어떨까.

　아주 오래전 아버지는 그렇게 물었다. 두 달, 정확
히는 두 달 반 만에 나를 보러 온 참이었다. 한 달에
한두 번은 꼭 다녀가던 아버지가 내내 소식이 없는
동안 나는 생각이 많았다. 엄마가 그랬듯 아버지도
말없이 어디론가 내뺀 건 아닌가, 혹은 일일연속극
속에서 빈번하게 일어나는 교통사고와 같은 사고를
당한 건 아닌가, 갑자기 기억상실증에 걸려 자신에게
딸이 있다는 사실을 아예 까맣게 잊은 건 아닌가, 하
는 생각들. 그건 하루에도 몇 번씩 내 머리통을 싸늘
하게 하거나 뜨거워지게 만들던 상상들이었다. 어느
날 불쑥 나타난 아버지를 보며 그런 생각들을 떠올리
니 어쩐지 머리가 참을 수 없이 가려웠다.

　엄마가…… 돌아온 거야?

　나는 머리통을 긁으며 아버지의 바지춤에 매달려
물었다. 묻지 않을 수 없었다. 엄마라면 내가 여섯 살
때 온다 간다 말도 없이 사라진 사람이었으니까. 여

전히 그날을 똑똑히 기억했다. 주에 한두 번씩 동네를 찾아와 사람들을 불러 모으던 생선 트럭의 확성기소리가 들리던 오후 무렵이었다. 지금도 그때 들리던소리를 욀 수 있을 정도였다.

갈치, 꽁치, 고등어, 없는 게 없어요. 쓰러진 소도벌떡 일어나는 낙지도 왔어요.

나는 엄마가 틀어준 비디오 속 주인공 여자애가 신문을 돌리는 장면을 보며 밖에서 들리는 그 소리를따라 중얼거렸다. 갈치, 꽁치, 고등어, 없는 게 없어요. 쓰러진 소도 벌떡 일어나는 낙지도 왔어요. 갈치, 꽁치, 고등어, 갈치, 꽁치, 고등어…… 없는 게 없어요. 주인공 여자아이가 신문 뭉치를 들고 어느 번듯한 집 앞에서 눈물을 글썽이는 화면 속 장면을 보며바깥에서 들리는 확성기 소리를 따라 중얼거리던 나는 문득 없는 게 없다는 말에 대해 생각했다. 없는 게없다면 평생 울지 않고 살 수 있을지도 몰랐다. 엄마가 자주 울고 우울한 표정을 짓는 건 어쩌면 없는 게많아서 그런 걸지도 모른다는 생각을 한 거였다.

엄마, 없는 게 없으면 좋을 거 같아?

나는 화면에 시선을 둔 채 물었다. 엄마는 아무 대답이 없었다. 오전 내내 누군가와 통화 중이던 엄마는 여전히 바쁜 모양이었다. 덕분에 마음껏 비디오를 볼 수 있어 큰 불만은 없었지만 묻는 말에도 대답을 하지 않는 건 평소 같지 않은 일이었다. 나는 뒤를 돌아보며 큰 소리로 엄마, 엄마, 하고 다시 불렀다. 집 안은 컴컴하고 조용했다. 그 정적이 불안해져서 자리에서 부스스 일어난 나는 또 엄마를 불렀다. 방에서 나가 부엌을 살폈고 화장실 문도 열어보았고 빨래를 걷으러 옥상에 올라갔나 하고 혼자는 올라가지 않던 옥상에도 올라갔다.

안에 없는 사람은 밖에도 없었다.
그게 그날 내가 알게 된 사실이었다.

옥상에서는 생선 트럭의 확성기 소리가 더 잘 들렸다. 나는 그곳에서 갈치와 꽁치, 그리고 고등어, 낙지 따위를 외는 소리를 들으며 내게 일어난 일과 일어날 일을 따져보았다. 치어다 본 허공의 가장자리는 점점 침침해지고 얇고 불그레한 구름들이 하늘 곳곳에 널려 있는 게 보였다. 저곳이 이곳에서 너무 멀다는 생각이 든 건 그때가 처음이어서 한참을 멍하니 서 있었다. 어쩌면 엄마가 갈치나 꽁치, 혹은 고등어를 사거나 소도 일으켜 세우는 낙지 구경을 간 걸 수도 있다는 데에 생각이 미친 건 불그레한 구름들이 회색 얼룩처럼 희미해지고 난 뒤였다. 그게 아니라면. 나는 녹색 방수 페인트가 칠해진 옆집의 옥상을 흘깃 보았다. 길고 짧은 빨래들이 희끄무레한 어둠 속에 주렁주렁 매달려 있었다. 도대체 옆집 아줌마는 뭘 하느라 아직 빨래도 걷지 않은 것인지 궁금해하던 나는 이웃집의 널따란 거실을 떠올렸고 어느 날 그곳에서 사지를 펼치고 누워 화장품 아줌마가 해주는 마사지를 받던 엄마와 엇비슷한 머리 모양을 한 여자들이 머리를 맞대고 화투장을 휘두르던 광경을 연달아 떠올렸다. 아주 긴 만화 영화를 틀어놓고 엄마가 몇 번이나 이웃의 거실에서 그런 일들을 한 적이 있다는 걸 기억해 낸 나는 그때야 마음이 놓였다. 몸도 따라 한결 가벼워서 가파른 옥상 계단을 혼자 내려가는 일도 크게 두렵지 않았다. 나는 더듬더듬 난간에 의지해 옥상에서 내려와 비디오 앞에 다시 앉았다. 눈초리가 치켜 올라간 웬 여자아이가 주인공의 뺨을 때리는 장면을 몇 번이나 되돌려 보며 인상을 찌푸리기도 했다. 그사이에 해는 창문 밑으로 완전히 가라앉았다. 아껴 보던 만화 영화는 이미 한참 전에 끝났고 사방은 더더욱 조용했다. 창밖에서 가로등이 반짝, 터지는 걸 보고서도 나는 그냥 앉아 있었다. 이제 뭘 해야 할지 생각이 나지 않아 움직일 수가 없었다. 그러다가 문득 내 목구멍 깊은 곳에서 들려오는 소리를 들었다. 그건 고양이가 우는 소리 같기도 했고 한밤의 먼 산에서 새가 끅끅거리며 우는 소리 같기도 했다. 숨이 차고 목이 아팠다. 입을 열면 뭔가 뜨거운 것이 왈칵 쏟아질 것 같았다. 내가 뜨거운 것인지 주위가 서늘한 것인지 알 수 없었지만 자꾸 몸이 떨렸다. 따뜻하고 안전한 곳이 필요하다는 충동을 느낀 건 순전히 본능이었다. 나는 입술을 앙다물고 엉금엉금 기어 이불장 안으로 들어갔다. 숨을 곳이 간절했다.

그때를 생각하면 여전히 목구멍이 뜨거웠다. 한밤에 돌아와 이불장 안에서 나를 찾아낸 아버지에게서 나던 잉크 냄새와 땀 냄새, 그리고 숨을 쉴 때마다 풍기던 단내를 떠올리며 가볍게 몸서리를 쳤다. 그날 엄마는 아버지와 내 삶에서 완벽하게 사라졌다. 그런데, 그 엄마가 돌아왔다는 말인가. 그 생각만으로도 뜨겁고 서늘하고 서럽고 억울한 감정들이 뒤섞이며 나를 흔들었다. 아버지는 그런 내 생각을 읽은 것처럼 단호하게 고개를 저었다.

아니야, 그런 일은 없어.

근데 엄마가 어떻게 생겨.

만들면 생기는 거지.

아버지는 굳이 무릎을 반쯤 구부려 엉거주춤 나와 시선을 맞추며 말했다. 덥수룩하게 자란 내 머리카락을 연신 뒤로 쓸어 넘겨주는 아버지는 화난 사람처럼 미간에 주름이 깊었다. 나는 아버지를 바라봤다. 이 와중에도 자꾸 머리 밑이 가려워서 짜증이 날 지경이었다.

만들면 돼, 모라야. 그러면…… 너도 좋고, 또…… 아버지도 이제 좀 편해지고 싶은데, 네 생각은 어때?

아버지의 그 말은 퍽 이상하게 들렸다. 바구니도 아니고 신발도 아니고 가방도 아닌데……, 하물며 사람을, 엄마를 어떻게 만든다는 말일까. 아니, 사실 나는 그것에 대해 별로 궁금하지 않았다. 듣는 것만으로도 다리에 힘이 풀리는 말들이 있었다. 이를테면 갈치나 꽁치, 고등어 같은 말들. 쓰러진 소도 벌떡 일어나는 낙지도 있다는 말 같은 것들.

더는 없는 게 없는 삶 같은 건 떠올리고 싶지 않았다. 나는 고개를 저었다.

안 만들어도 돼.

……아버지는 우리 딸이랑 같이 살고 싶은데도?

그 말은 엄마가 생기지 않으면 우리는 결코 같이 살 수 없다는 말인 거 같았다. 나는 손등과 뒤통수를 번갈아 긁어가며 아버지를 쳐다보았다. 엄마가 사라진 직후 직장을 가진 아버지가 나를 맡긴 곳은 자신의 작은 아버지—나에게는 작은 할아버지뻘 되는—인 노인의 집이었다. 그는 아버지에게 단 하나뿐인 혈육이라고 했다. 기차를 타고 넓고 누런 들판과 짐승의 목구멍처럼 긴 굴을 지나며 아버지는 왜 우리가 그곳으로 가고 있는지에 대해 길게 얘기했다. 나를 돌볼 시간이 없다는 말을 왜 그렇게 길고 어렵게 말하는 건지는 알 수 없었지만 잠자코 들었다. 이불 장 속에서 아버지에게 이끌려 나온 이후 나는 화를 내거나 울거나 떼를 쓰는 일에도 기운이 필요하다는 걸 스스로 깨우칠 만큼 내내 힘들고 지친 상태였다. 그 과정에서 당연하게 생각하던 일들이 실은 누군가의 도움 없이는 하기 어려운 일이라는 것도 처음 알게 되었다. 나의 그 당연하고도 어려운 일상을 위해 새벽에 일어난 아버지와 내가 분식집에서 딱딱한 김밥을 먹고 긴 굴과 한눈에 보기도 힘들 만큼 넓은 들판을 끝없이 지나고 있는 거였다. 내게 필요한 건 고작 먹고 씻고 자고 노는 일이었는데 말이다. 귀가 어둡고 말이 어눌한 할아버지가 사는 집에 도착한 건 한낮이었다. 그는 나무를 잘 다듬는 사람이었고 무뚝뚝한 표정을 가진 사람이었으며 여섯 살짜리 아이를 위해 뭔가를 하려는 마음은 있으나 뭘 해야 할지 잘 모르는 사람이었다. 덕분에 나는 먹고, 씻고, 자고 노는 것은 그럭저럭 할 수 있었으나 그렇다고 그것들이 만족스러운 것도 아니었다. 끼니는 허술하고 잠자리는 불결했으며 씻는 건 대체로 내 의사를 철저히 존중하는 편이었을 뿐만 아니라 노는 것도 개와 뒹굴거

나 손바닥만한 TV 앞에 앉아 있는 게 다였다. 그 정
도라면 이제 혼자서도 할 수 있을 거 같았다. 나는 이
제 혼자 먹고 씻고 자고 놀 수 있다고 말했다.

모라야.

아버지가 고개를 들고 한숨을 쉬며 내 이름을 불렀
다. 아버지가 내 이름을 부르는 건 뭔가 불길한 일이
나 말이 이어질 징조였다. 나는 옆구리를 박박 긁으
며 아버지를 노려봤다. 문득 이 가려움이 사라질 수
만 있다면 엄마가 생겨도 좋겠다는 생각이 들어서 정
말 울고 싶었다.

그런 길 잘하는 일곱 살은 없어. 그건 안 돼.

아버지는 대체로 목소리를 높이지 않았고 조곤조
곤 타이르는 타입이었다. 때로는 장황하다 싶을 정도
로 상황과 맥락을 섬세하게 연결 지어 끝내 상대를
납득시키는 그의 말버릇은 아마 성격 탓인 것 같았
다. 아버지는 선하고 순하고 대체로 악의가 없는 사
람이었으나 한편으로는 완고하고 고지식한 면도 있
어서 가끔 놀라울 정도로 단호해지기도 했는데 주로
엄마와 관련된 맥락이나 상황 안에서 그랬다. 돌이켜

보면 아버지는 엄마와 관련된 얘기를 할 때마다 결코, 혹은 절대, 라는 말들을 써가며 속마음을 드러내곤 했다.

우리는 한동안 말없이 문 너머로 첩첩이 둘러쳐진 산들을 바라보며 앉아 있었다. 그 와중에도 나는 나도 모르게 몸 이곳저곳을 자주 긁었고 아버지는 그런 나를 바라보며 생각이 많은 사람 같았다. 그러다가 어느 순간 담벼락 쪽에서 뭔가가 바닥으로 떨어지는 둔탁한 소리가 들렸다. 무겁고 말랑한 뭔가가 터지는 소리. 그 소리에 문가에서 잠이 깬 개똥이가 번쩍 눈을 뜨고 고개를 치켜들었다. 다시 허공에서 붉은 그림자가 쏜살같이 바닥에 떨어졌다. 감이었다. 담벼락 가장자리에 서 있는 감나무에서 익을 대로 익은 감이 혼자 바닥으로 떨어져 터진 거였다. 나는 이 낯익은 풍경과 소리가 처음 이곳에 왔을 때 보았던 것과 같다는 사실을 깨달았다. 일정한 간격을 두고 정류장을 서성거리거나 개똥이를 끌고 집과 동네 어귀를 오가며 아버지를 기다리며 지내기를 반복한 게 벌써 1년이나 된 거였다. 그리고 아버지가 하는 말로 보아 엄마가 생기지 않는 한 그 기간은 끝없이 늘어나게 될 거 같았다. 혼자 먹고 자고 씻고 노는 나이가 되려면 얼마나 더 견뎌야 하는지 생각했다. 그걸 알 턱이 없어 답답했다. 점점 돌아가고 싶은 마음과 돌아서지 않는 마음 사이에서 나는 흔들렸다. 그때 내 정수리 위에서 아버지의 탄식이 들려왔다.

　딸아, 도대체 너 언제 씻은 거니? ……목욕을 하기는 하니?

*

　노라와 내가 9번 고별실의 문을 열고 들어가자 안에 있던 세 명의 사람들이 우리 쪽을 돌아본다. 그중 한명이 걸친 조끼에 달린 명찰을 읽는다. 마음과 마음, 정상조. 그들은 아마 나에게 아버지의 장례 절차와 날짜를 안내했던 단체에서 나온 사람들인 모양이다. 일면식도 없는 누군가의 마지막을 정리하는 사람들. 그들이 왜 이런 일을 하는 건지 나는 모른다. 다만, 아버지의 죽음을 통해 가난을 증명하면 해결되는 문제들이 있다는 걸 알았을 뿐이다. 전화를 걸어와

120

참석 여부를 묻던 구청의 복지정책과 직원은 가지 않겠다는 나에게 조언했다.

사정은 충분히 이하겠는데요, 열이면 열 모두 나중에 후회하세요.

……

웬만하면 새 출발 한다, 생각하고 가세요.

……

새 출발이 별건가요? 앉은 자리에서 엉덩이를 떼면 그게 새 출발이지…….

이상한 공무원이었다. 이상한 공무원이라고 생각하면서도 한편으로는 나도 모르게 새 출발의 의미를 헤아리고 있었다. 아버지는 죽었다. 그건 병원과 경찰서를 오가며 몇 번이나 확인한 일이었다. 그 말은 이제 전화번호를 바꾸거나 집을 옮기는 상황마다 공연히 죄책감을 가질 일도, 무심코 지나친 노인을 몇 번이나 뒤돌아보며 공연히 우울해할 필요도 없었다는 말이었다. 전화를 끊은 나는 드러누워 몇 개의 단어를 떠올리고는 오래 중얼거렸다. 이제 완전히, 싹, 아예, ……아버지는 지상에서 사라져버린 거였다. 그걸

다시 확인하러 그곳에 참석하라는 건가? 과연…… 그
게 새 출발일까.

　마음과 마음의 정상조 씨가 나직한 걸음으로 우리
에게 다가온다. 안타까운 표정으로 벌써 관이 화로로
들어갔다고 말하는 그는 우리에게 고인과의 관계를
넌지시 묻는다. 그에게서 나는 싸구려 스킨 냄새가
뒤섞인 향냄새를 맡으며 그의 어깨 너머로 아버지의
이름이 적힌 위패를 바라본다. 아버지는 얼마나 늙고
초라한 모습으로 숨을 멈췄을까. 불행인지 아닌지 알
수 없지만 두 번의 물난리를 겪으며 가지고 있던 사
진의 대부분을 잃었다. 지갑 속에 넣어 다니던 증명
사진 몇 장이 내가 지닌 사진의 전부다. 그래서 아버
지를 떠올리는 건 순전히 기억에 의지하는 수밖에 없
다. 나는 몇 개의 희미한 윤곽으로 남은 아버지의 인
상과 내가 아는 불행의 모습들을 조합해 늙은 아버
지를 그려본다. 희끗희끗한 눈썹이나 홀쭉하게 팬 볼
과 콧등 사이로 흘러내리는 주름, 주름 사이로 보이
는 아버지의 눈은 늘어진 눈꺼풀 속에서 희미하다.
아버지가 줄어드는 사람처럼 헐렁하기 그지없는 옷

차림으로 오동나무처럼 앙상한 팔을 내 쪽으로 뻗는
다. 나는 아버지의 늙은 손을 바라본다. 마디가 굵고
손끝이 뭉뚝했던 그 손은 버려진 나무토막처럼 검버
섯에 덮여 있다. 모라야. 아버지가 나를 부른다. 나는
대답하지 않는다. 양모라. 아버지가 나를 다시 부르며
낡고 더러운 손으로 내 어깨를 두어 번 두드린다.

괜찮지?

아버지는 늘, 그렇게 말했다.

괜찮냐고. 괜찮지 않냐고. 괜찮지 않아도 괜찮다고.
다, 괜찮다고.

나는 어느 순간부터 그게 아버지가 스스로에게 하
는 말이라는 걸 알았다. 그건 질문이면서 동시에 다
짐 같은 말이어서 우리는 늘 괜찮아야 했다. 어느 날
엄마가 온다간다 말도 없이 우리 삶에서 내뺀 날부터
아버지와 내가 할 수 있는 말들은 그런 게 고작이었
다. 함께 살기 위해서는 새로운 가족이 필요했고 새
로운 가족이 생긴 뒤부터는 겨우 얻은 풍선을 놓치지
않기 위해 애쓰는 마음으로 살았다. 그 과정에서 나
는 취향이나 취미를 익히기 전에 타인의 호감을 사는

법을 먼저 배웠고 아버지는 말을 줄이고 줄인 말 속
에 말을 숨기는 습관을 들였다. 우리는 늘 괜찮았다.
그러니까, 괜찮다는 말은 아버지와 내가 서로에게 할
수 있는 유일한 위로 같은 거였다.

　이제…… 그만하면 됐어.

　나는 그런 말을 삼키며 위패와 유리창 너머로 보
이는 화로의 단열문과 모니터에서 깜박이는 화장火葬
중이라는 글자를 차례차례 훑어본다.

　연고가 있으시면 수골 입회가 가능해서 여쭙는 겁
니다.

　징상조 씨가 노라와 나를 향해 다시 그렇게 소곤거
리듯 덧붙인다. 나직하고 넌지시 에두르는 그의 말과
태도는 분명 노회한 구석이 있다. 이런 죽음의 과정
에 익숙한 사람인 게 분명하다. 곁에 선 노라가 나와
징상조 씨를 번갈아 흘깃거리더니 주춤 뒤로 물러선
다. 나는 문득 노라의 생각이 궁금해진다. 노라는 과
연 징상조 씨의 질문에 어떤 대답을 할까. 그런 게 궁
금해서 연락을 한 거라는 착각이 들 만큼 갑자기 노
라의 대답이 간절히 듣고 싶다. 나는 종용하는 심정
으로 노라를 빤히 쳐다본다.

내가 기억하기에 우리가 함께 살았던 시간 동안 노라가 아버지와 얘기하는 걸 본 일이 없었다. 노라는 아예 아버지를 보이지 않는 사람으로 치부하는 것 같았다. 어쩌면 그게 틈틈이 노라를 원망한 이유일지도 모른다. 나는 아직도 그 집을 떠나던 날 손을 내민 아버지 앞에 멀뚱히 서 있던 노라를 기억한다. 떠올려 보면, 두고두고 못돼 처먹은 년이라는 말이 저절로 튀어나오던 순간이었다. 원망은 반복할수록 고드름처럼 늘어져서 나중에는 아버지가 집을 나간 것도 노라 탓이라는 생각이 들 정도였다.

지방을 돌아다니며 일거리를 찾아다니던 아버지는 자신이 받아야 할 돈을 가로채고 잠적해 버린 친구를 잡겠다며 어느 날 집을 나갔다. 잠을 설치며 기다리던 아버지에게서 전화가 온 건 아버지가 집을 나간 지 나흘째 되던 날이었다. 어디냐고 묻는 내 말이 들리지 않는지 혀가 꼬인 아버지는 밑도 끝도 없이 미안하다거나 기다리라는 말만 반복했다. 아무리 혼자 먹고 씻고 놀고 잘 수 있는 나이라고는 했지만 아직

중학교 2학년인 나에게 밤은 길고 무서운 시간이었다. 나는 울기 시작했다. 할 말이 떠오르지 않아서 내가 울면서 한 말은 아버지라는 말을 반복한 게 고작이었다.

그래, 내 말이 그거야, 그거……. 그 말이 참 어려웠어, 걔가……. 그치? 그게…… 그렇지?

나는 울음을 그쳤다. 머리통이 싸늘해지는 느낌이었다. 엉망으로 취한 게 분명한 아버지가 무슨 말을 하는 건지 잘 알 수 없었지만 그게 무슨 의미인지 나도 모르게 알아들은 것 같았다. 나흘 만에 전화를 걸어온 아버지가 꺼낸 말이 고작 그거라는 게 믿기지 않았다.

걔 얘기가 여기서 왜 나와.

나는 따졌고 아버지는 다시 다 잡았다거나 뭐가 먹고 싶냐는 따위의 속 터지는 말들만 했다. 이미 정상적인 대화가 불가능하다는 걸 깨달았을 때 전화는 끊겼다. 일주일 만에 돌아온 아버지는 그날의 일은 전혀 기억하지 못했고 나도 그날의 일을 다시 입에 담지 않았다.

그러니, 이제 말해 봐, 네가 고인과 어떤 관계였는지. 노라를 바라보며 나는 그런 생각을 한다. 내 생각을 읽기라도 한 것처럼 노라가 마지못해 고개를 꾸벅 숙여 보인다.

한때…… 함께 살던 분이에요. 소식이 늦어 늦었습니다.

노라는 내내 진지하고 숙연한 표정이다. 자신이 얼마나 정확하고 잔인한 대답을 한 건지 노라는 정말 모르는 눈치다. 진심으로 나쁜 년이라는 생각이 들지만 그런 말을 할 자리는 아니다. 그런 말을 입 밖에 낼 생각도 없다. 나는 말을 삼키며 사는 것에 익숙한 편이다. 그편이 훨씬 사는 데 좋았다.

그럼 두 분 모두……?

눈치도 없이 정상조 씨는 우리를 번갈아 보며 그렇게 다시 묻는다. 그의 눈에서 어른거리는 호기심을 못 본 척하며 나는 내뱉듯 대답한다.

아니, 저는 아니에요, 아닙니다.

노라가 고개를 숙인 채로 내 쪽을 흘깃 쳐다보는 걸 느꼈지만 신경 쓰고 싶지 않다. 앞에 선 정상조 씨가 원한 대답도 그런 건 아니겠으나 더 묻지도 않는다. 이 모든 형식과 절차가 갑갑하고 지루해져서 나는 화장중火葬中이라는 자막이 떠 있는 모니터를 바라보고 있을 따름이다. 미안한 마음이나 애도 같은 건 하지 않을 작정으로 이곳에 왔다. 아버지도 알 거다. 내 이해를 바라기에는 자신이 너무 멀리 가버렸다는 사실을. 노라는 그런 내 곁에 내내 불편한 기색으로 서 있지만 나는 돌아보지 않는다. 처음부터 끝까지 남처럼, 아니 남보다 못한 사이처럼 구는 노라를 마주 볼 자신이 없다. 끝까지 아는 것도, 모르는 것도 아닌 사이. 어쩌면 우리는 모두 그런 사이였는지도 모른다고 빈 사진틀 밑에 달랑 이름 세 자字가 전부인 위패를 보며 생각한다. 고故 양판수. 제주 양梁가 성에 크고販 빼어나다秀는 뜻을 가진 이름. 그 이름의 뜻을 아는 사람은 이제 세상에 나뿐이다. 그러나 나조차 아버지의 이름 석자 외에는 아는 것이 많지 않다. 이미 생김새마저 희미해진 아버지는 어떤 사람이었을까. 어떤 생각으로 살았길래 그렇게 오래 혼자 떠돌다 유언도 없이 떠났을까. 나는 아버지의 대부분을 몰랐고, 아버지가 어느 날 집을 나가서 돌아오지 않은 이유 또한 이제 알 방법은 없다. 그것들은 영영

비밀인 채로 사라질 거다. 어쩌면 그게 아버지의 유산인지도 모르겠다.

그래도 불행 중 다행인 건……,

자신을 B시의 어느 경찰서에 근무하는 경찰이라고 소개한 사람은 말꼬리를 길게 늘이더니 잠시 말이 없었다. 나는 휴대전화를 든 채 그가 말을 잇길 기다렸다. 불행과 다행이 나란히 쓰일 수도 있다는 게 새삼 신기했다. 내가 아는 불행은 대개 여러 불행과 함께 와서 오래 머무르는 거였다. 그건 전화위복이나 새옹지마처럼 아무 효력 없는 말이 아직도 도처에서 쓰이는 것만 봐도 알 수 있는 일이었다. 그 말들로 겨우 연명하는 시간이 있다. 물론 죽음 앞에서는 별 힘이 없는 말들이다. 죽음을 위로할 말은 세상에 존재하지 않는다는 사실을 아는 나는 담담하게 듣고 있다. 어느 순간부터 막연하게나마 이런 날이 올 거라고 짐작했다. 다만 올 것이 온 것뿐이었다.

그리 오래되지는 않았답니다.

잠시 말이 없던 그가 속삭이듯 그렇게 덧붙였다. 사흘 전에 발견된 아버지의 상태가 비교적 온전했다는 말이었다. 그 비교적 온전한 상태라는 건 어떤 상태일까. 나는 벽에 비스듬히 기대앉은 채 발견됐다는 아버지를 떠올려 보았다. 핏기와 체온이 가신 아버지의 굳은 몸뚱이 위로 몇 번의 낮과 밤이 지나갔을까. 누워서 죽지도 못한 아버지. 나는 그 순간이 부디 찰나였기를 바라며 방문에 걸린 달력 앞으로 걸어갔다. 각각의 요일 밑에 매달린 숫자들 사이 어디쯤, …… 그 어디쯤이 어느 즈음일까 궁금했다. 내 삶은 딱히 기억할 만한 게 있을 리 없는 나날의 반복이었다. 느지막이 일어나 여러 웹사이트를 들락거리며 적당한 구직공고를 찾아 헤매다가 결코 갖지 못할 옷이나 신발, 혹은 가방들을 오래 구경하고는 시간제로 일하는 피자집에 출근하는 내 지루한 일상 어디쯤 죽음의 순간이 끼어 있을까. 아버지의 몸에 죽음이 깃든 순간은 내가 변기에 앉아 있던 순간이거나 막 잠이 들던 찰나였을지도 몰랐다. 그건 아무도 모르는 일이었다. 알 길이 없었다. 내가 지나온 나날 중 그 어디에도 서늘한 예감이나 불길한 징후가 찾아온 적은 없었다. 어차피 돌아올 거라거나 돌아올지도 모른다는 기대 같은 건 버린 지 오래였다. 집을 나간 뒤 아버지는 내 꿈에서조차 얼씬하지 않았다. 그러므로 이미 나에게 아버지는 없는 사람이었다. 나는 벽에 기대 천천히 주저앉으며 물었다.

……그런데 제가 뭘 해야 하나요?

제게 물으시는 건가요?

그게 아니라……, 제가 뭘 할 수 있을까요?

시신을 수습해서 장례를 치르는 건 어떨까요?

그 방법뿐인가요?

그러니까…… 그 말은 부父 되시는 양판수 씨의 시신 인수를 포기하겠다는 말씀인 거죠?

끝내 해야 하는 말들이 있다. 이를테면 예, 나 혹은 아니오, 같은 말들. 공무원은 끝내 내 대답을 재차 확인하고서야 전화를 끊었다. 그게 형식이고 절차인 것처럼. 지금 눈앞의 모니터에 떠 있던 자막 또한 형식적이면서 엄격한 절차의 한 부분일지도 모른다. 삶과 죽음이 한순간에 나뉘는 것처럼 화장이라는 단어가 수골이라는 글자로 바뀐다. 나는 그 낯선 글자의 뜻도 알지 못한 채 읽고, 또 읽는다. 수골收骨. 불에 타고 남은 뼈를 거두는 절차라고 했다.

……입회하시겠습니까?

정상조 씨는 마치 정해진 식순을 읊는 것처럼 우리 쪽을 향해 그렇게 묻는다. 나는 그가 던진 질문 뒤에 숨어 있는 광경을 상상하지 않으려 노력하며 고개를 젓는다. 하얗게 탄 육신을 확인하러 여기 온 건아니다. 새 출발을 하라는 얼굴도 모를 누군가의 조언을 따라 온 것뿐이다. 나는 다시 고개를 젓는다. 정상조 씨는 잠시 그런 나를 빤히 쳐다보고는 고개를 숙이고 고별실을 나간다. 그때 갑자기 이웃한 방에서 폭죽 같은 울음소리가 터져 나온다. 나는 으헝으헝 우는 그 울음 속에 노랫소리가 섞이는 걸 듣는다. ……나간 아들 돌아왔도다…… 아멘, 아멘, 잃은 자식 반겨…… 아멘, 아버지, 아멘, 천지 진동하게, 아버지, 아버지……. 크게 들이마신 숨을 오래 삼킨다. 숨이 차고 목이 아프다. 눈을 크게 뜨고 소리가 나는 쪽을 돌아보던 노라는 다시 선 채로 고개를 숙인다. 저마다 자신들이 믿는 신들을 쉴 새 없이 호출하는 소리에 둘러싸인 우리는 목사나 중, 혹은 신부나 노래는커녕 울음소리도 없이 이 방의 적막을 견딘다. 만약 아버지에게 기댈 신이 있었다면 아버지는 좀 편안

했을까. 그랬다면…… 집을 나가지 않았을까. 나는 끝
내 아무것도 알지 못한 채로 고별실을 나온다. 그리
고, 허둥지둥 내 뒤를 따라오는 노라의 발소리를 듣
는 순간 알게 된다.

나는,
울고 싶지 않다.
울지 않기 위해 노라와 함께 온 거였다.

있는 것과
없는 것

택시 안에는 기사가 틀어놓은, 오래된 그룹의 노래들이 끝없이 재생되고 있다. 나는 창밖을 보며 그 익숙한 노래들 가운데 한 구절을 생각 없이 중얼거린다. Ooh you're a holiday such a holiday Ooh you're a holiday such a holiday……. 익숙해서 중얼거리기에 좋은 구절이고 중얼거리면서 바라보는 창밖의 풍경은 반듯하고 희미하다. 몸이 천천히 묵직해지는 느낌. 뻣뻣해지는 손가락을 오므렸다 펴며 나는 오늘이 봄인지, 가을인지, 휴일인지 아닌지 따위를 헤아린다. 그건 대부분의 휴일마다 내가 바깥을 보며 하는 쓸데없는 상념 같은 것이다. 이미 열다섯 살 때부터 여러 아르바이트를 전전하던 나에게 휴일은 오전 6시부터 오후 10시까지 쉬지 않고 주유기를 꽂거나 그릇을 나르고 바코드를 들고 서 있어야 하는 시간의 연속이었다. 그러다가 가끔 고개를 들면 바깥이 보였다. 꽃이 피거나 마른 잎사귀가 허공을 휘저으며 지나가고 가로수에 휘감긴 전구가 점멸하는 풍경들. 대개 그 길에는 팔짱을 끼고 걸어가는 사람들이 있었고 자식을 앞세우고 지나가는 사람들이 있었고 비슷한 크기의 가방을 짊어지고 떠드는 한 무리의 아이들이 있었다. 그런 풍경들이 곧잘 눈과 머리를 흐려서 나는 대부분의 풍경을 무감각하게 바라보려 노력하는 편이다. 내가 지나온 휴일은 그걸 연습하는 시간의 연속이었다. 되풀이하면 가능해지는 마법을 생각한다. 손바닥을 쥐었다 펴기를 반복하며 생각한다. 우리에게는 아직 지나지 않은 휴일들이 있고…… 오늘은 그런 휴일 중 어느 하루에 지나지 않는다. 그저 그런…… 휴일일 뿐이다. 좌석의 등받이에 머리를 기대고 눈을 감는다. 노라가 바짝 다가앉은 건 그때다.

그런데…….

속삭이듯 노라가 말한다.

일부러 그러는 거야?

뭘?

괜찮은 척.

괜찮은 척?

응.

그런가?

그래 보여.

아닌데?

아니야?

아니야.

……근데, 모라야.

노라가 내 손등 위에 자신의 손을 얹으며 내 이
름을 부른다. 나는 갑자기 잠에서 깬 사람처럼 멍하
니 눈을 뜬다. 갑자기 느껴지는 손의 서늘한 감촉이
낯설어 어리둥절한 느낌마저 들 정도다. 처음 만나
는 순간부터 헤어지던 날까지 먼저 뭘 하는 건 언제
나 나였다. 정말이지 이 아이는 내가 먼저 묻고, 먼저
웃어 보여야 마지못해 입을 열거나 찡그린 건지 웃
는 건지 모를 표정을 지어 보이던, 새침한 아이였다.

우리는 7년 동안 방을 함께 쓰던 사이였지만 그 방은 엄연히 각자의 공간으로 나뉜 방이기도 했다. 물론 누군가 딱 잘라 이쪽저쪽으로 나눈 기억은 없다. 그러나 두 칸짜리 창문을 경계로 우리가 정해진 공간을 넘지 않으려 서로 조심했던 건 분명한 사실이었다. 정말 신기하게도 노라와 나는 누가 먼저랄 것 없이 각자의 자리에서 각자의 놀이와 숙제에 몰두했고 때가 되면 각자의 벽 쪽에 붙어 잠을 자곤 했다. 그런데 노라가 지금 그 보이지 않지만, 엄연히 존재하는 선을 넘어 온 것 같다. 내가 부르지도 않았는데 말을 걸고 말을 한다.

그래도…… 아버지잖아.

노라가 그렇게 중얼거린다.

그래도.

이상하게도 내 의지와 상관없이 머리가 뜨거워지고 숨소리가 커지는 말이 있다. 그 말이 내게 뭔가 견디기를 요구하거나 내 주제를 파악해야 한다는 말처럼 들리는 건 나로서도 어쩔 수 없는 일이다. 몇 년 전 헤어진 사람은 내가 그런 반응을 보이는 이유가 내가 나를 너무 사랑하기 때문이라고 했다. 삐뚤어진 자기애의 전형이라는 거였다. 그 사람은 분석하고 단정하는 게 자신의 장점이라고 생각하는 사람이었다. 내가 이미 많은 것을 견뎌왔고 내 주제를 파악하는 것에 꽤 오랜 시간을 허비했다는 걸 모르는 사람이기도 했다. 여기서 뭘 더 해야 할까. 나는 그렇게 묻고 싶었으나 한편으로는 상대에게 구구절절 내 사정을 털어놓을 마음도 생기지 않았다. 사실은 나조차 내 사정이 어떤 사정인지 몰랐다. 잘 모르는 대로 살고 싶었다. 덕분에 나는 모르는 사람들과 만났다 아는 것 없이 헤어지기를 반복했다. 대개 내가 뭘 더 참거나 어떤 주제를 새로 파악해야 하는지 따위는 조언하지 않는 사람들이었다. 그들은 쉽게 말하고 쉽게 지치다가 뭐든 쉽게 포기했다. 이를테면 사랑이나 우정, 혹은 예의나 도덕 같은 거. 그러니까 나에게 그래도, 라는 말은 뭘 모르는 사람들이 아무렇게나 하는 말에 불과한 말이다. 그런 생각을 지울 수 없다.

너…… 모르잖아, 아무것도.

나는 쓴웃음을 지어 보이며 그렇게 말한다. 노라가

나를 물끄러미 쳐다본다. 그 또한 흔치 않은 일이다.

　……미안.

　생각 없이 사과하는 건 노라의 오랜 습관 같은 거
였다. 우리가 나눴던 사소한 약속 같은 걸 잊었을 때
는 물론이고 컵에 든 물을 혼자 쏟아놓고도 그렇게
중얼거리는 걸 본 적이 있다. 덕분에 노라의 머릿속
에는 미안하다는 말이 아예 입력되어있는 게 아닌가,
하고 생각해 볼 정도였다. 그게 아니고서야 저렇게
반사적으로 미안하다는 말이 튀어나올 수는 없다. 반
성 없는 사과가 상대를 얼마나 쓸쓸하게 만드는지 노
라는 끝내 모를 거다. 물론 그것의 시비를 가릴 생각
은 없다. 그러기에는 우리에게 남은 시간이 너무 짧
다. 아무것도 모르는 노라는 곧 아무것도 모른 채 돌
아가서 또 천천히 오늘 일을 잊을 거다. 잊는다는 건
잊었다는 사실조차 잊을 때 비로소 잊은 것이 된다.
노라가 그렇듯 나 또한 그런 식으로 잊은 것들이 있
다. 그게 뭔지 생각하는 건 무의미하다. 노라를 외면
하며 나는 무의미한 것들을 생각한다. 컴컴한 방이나
어둠 속에서 들리는 빗소리 같은 것들. 누구의 기억

도 아닌, 몸이 되고 살이 된 감각들.

 갈 때만 해도 화창하던 창밖이 어느새 어둑해진다.
나는 두껍고 단단해 보이는 구름이 주저앉을 듯 낮
게 깔리고 지나가는 사람들의 옷자락이나 머리카락
이 펄럭이는 걸 본다. 이곳은 아버지와 내가 살던 도
시에서 멀지도, 그렇다고 가깝지도 않은, 어중간한 거
리의 낯선 도시다. 아버지는 왜 여기로 와서 여기에
서 죽었을까. 이곳의 무엇이 아버지를 붙들었을까. 어
쩌면 아버지가 지나갔을 그 거리를 지나며 나는 뒤늦
게 그런 것들이 궁금하다. 그런 생각을 하는 와중에
도 미지근한 기운이 떠도는 옆구리의 노라를 끊임없
이 의식한다. 사라졌다고 믿었던 기억이 되돌아온다.
노라 때문이다.

 딱 한 번, 노라의 이불 속으로 기어들어 간 적이 있
었다. 태풍이 지나가던 어느 밤이었다. 비바람이 쉴
새 없이 홑겹의 창문을 때리고 천둥과 번개가 교대
로 어둠을 무너뜨리던 그 요란한 와중에도 잠든 노라
의 숨소리는 골랐고 나는 혼자 개처럼 떨며 깨어 있
었다. 그 언젠가처럼 따뜻하고 안전한 곳이 간절했다.

그러나 그 방은 어디에도 숨을 곳이 없는 방이었다. 이불장 같은 게 있을 리 없었다. 그게 내가 엉금엉금 기어 노라의 이불 속으로 들어간 이유였다. 잠든 몸은 고요하고 따뜻했다. 맞댄 체온 때문인지 창밖의 태풍이 아주 먼 세계의 일 같았다. 안심이라고 혼자 중얼거리기도 했다. 그날 나는 노라의 등 뒤에 바짝 붙어 함께, 라는 말에는 등이 있고 어깨가 있고 체온이 있다고 생각하다가 잠들었다.

생각해 보면 그때 내가 느낀 건 상대적인 온도였고 절대적인 고요였다. 혼자가 아니라는 고요하고 따뜻한 실감. 나는 한동안 혼자라는 걸 깨달을 때마다 그 밤의 순간을 떠올리곤 했다. 어쩌면 20여 년 만에 노라에게 연락을 할 용기를 낼 수 있었던 건 그 밤의 기억 때문인지 모르겠다. 내게는 있고 노라에게는 없는, 살을 맞댄 실감의 기억 말이다.

옛날에 살던 집 말이야.

창밖을 물끄러미 바라보던 노라가 불쑥 입을 연다.

생각나? ……산 밑의 집에 살던 거.

나는 노라를 바라본다. 그건 아주 먼 옛날의 집. 기

억나지 않는 엄마와 한때 살았던 집이다. 아니, 그건 내가 누군가로부터 전해들은 집일 수도 있다. 입에서 입으로 전해져 지붕이 내려앉고 가시박이 기둥을 칭칭 감은, 폐허 같은 그 집의 기억이 어쩌다가 노라의 기억이 되었을까. 왜 노라는 그곳에서 자신과 내가 함께 살았다고 말하는 것일까. 어쩌면 내가 무심코 그런 얘길 노라에게 했을 수도 있다. 그러나 결코 노라와 내가 산 밑에 살았던 적은 없다. 그건 분명하다. 함께 산 7년 중 5년 동안 살았던 집은 커다란 배롱나무가 있던 작은 마당이 딸린 집이었고 그다음에 옮겨간 곳은 평범한 다세대 주택의 3층이었다. 창문을 열면 온 동네가 다 내려다보이던 그 집에서 2년을 살다 아버지와 나는 그 집을 나왔다. 춥고 가파른 어느 해 겨울이었다. 그 집에서 나와 버스 정류장으로 향하던 길이 어쩌나 막막하고 미끄러웠는지 아직도 똑똑히 기억할 정도다. 나는 고개를 젓는다.

우리가 그런 곳에 살았어? 같이?

노라가 영문을 알 수 없다는 듯 나를 본다. 기억이 나지 않냐고 묻는 노라의 표정에 당황한 기색이 역력하다.

채석장 근처에 살았던 적 있잖아. 왜 어느 여름인가 키우던 닭들이 번개에 맞아 그것들을 저녁 내내 튀겨 먹기도 했잖아.

그 말을 나에게 해준 사람은 누구였을까. 나조차도 본 것인지 들은 것인지 구분할 수 없다. 다만, 시커먼 주물 프라이팬 속의 기름이 눈앞에서 부글부글 끓는 것처럼 선명하다. 토막 난 닭들이 거품을 일으키며 요란한 소리를 내던 그 장면은 어디서 온 것일까.

밤마다 여우가 울었다. 깡깡거리는 그 소리는 한밤의 누군가가 망치로 바위를 때리는 소리 같기도 했다. 한밤에 내려와 죽은 닭들을 물고 창문 밑을 어슬렁거리던 기척에 곁에서 자던 이의 이불 속으로 뛰어든 사람은 나였을까, 내게 그 얘기를 전하던 사람이었을까. 캄캄한 허공에서 반짝거리던 눈들, 눈알들. 금방이라도 시뻘건 혓바닥이 튀어나올 것 같던 어둠들. 다투다 이불 속을 떠돌던 뜨거운 단내들. 맹세코 그건 이 아이의 것일 리 없다. 우리는 결코 그런 시간을 공유한 적이 없다. 나는 다시 고개를 젓는다.

사 먹은 닭을 해 먹은 닭으로 잘못 기억하고 있는

거 아니야?

내 말에 모라는 잠시 생각에 잠기는가 싶더니 고개를 끄덕거린다.

이상하네, 분명 그런 적이 있었던 거 같은데…….

오래전이잖아. 오래된 거니까…… 전해들은 걸 경험한 걸로 착각할 수 있어.

기억은 종종 시간의 순서를 바꾸고 진짜와 가짜를 혼동하게 만들기도 한다. 오래된 기억이라면 더더욱 그럴 수 있다. 조금만 논리적으로 따져보면 그게 진짜일 리 없는 일이었다는 걸 알았을 텐데……. 이 아이는 예나 지금이나 뭘 의심하거나 따질 줄 모른다. 어쩌면 그래서 나는 노라가 편했고 또 그런 이유로 불편했다.

엄마가 자주 노라를 따로 불러내 주머니에 뭔가를 찔러주거나 무슨 말인가를 소곤대는 걸 알고 있었다. 노라는 그때마다 눈치도 없이 나와 그것들을 고스란히 털어놓고는 했는데 가끔은 구운 오징어나 바나나였고 또 가끔은 돈이었다. 우리가 떡볶이 한 접시와 튀김 1인분을 나눠 먹을 만큼의 돈. 왜 엄마는 딱 그만큼의 돈을 노라에게만 줬을까. 어느 순간부터 하교를 노라와 따로 하기 시작했던 건 그런 이유 때문이었다. 여윳돈을 가진 게 늘 노라 쪽이어서 매번 나는 얻어먹는 심정이었는데 그런 심정이 반복되다 보니 점점 비참한 기분을 지울 수 없었다. 정말이지 아버지에게 끌려가다시피 간 마을의 이발소에서 이가 들끓는 머리카락을 잘라낼 때도 그런 기분은 아니었다. 나는 아무도 없는 교실에서 숨어 노라가 집으로 돌아가기를 기다렸다. 핑계야 얼마든지 만들기 나름이었고 비참을 설명할 어휘를 찾는 것보다는 그편이 나았다. 빈 교실에서는 창 너머의 소리가 잘 들렸다. 공을 차는 소리, 공이 튀어 오르는 소리, 게양대에 걸린 국기가 펄럭거리는 소리, 서로 부르는 소리, 강냉이처럼 한꺼번에 터지던 웃음소리 같은 것 들. 그런 소리에 귀를 기울이면 나 혼자 깨어 있거나 나 혼자, 죽은 거 같았다.

그래도…… 아니야. 노라가 띄엄띄엄 그런 말을 흘리며 택시 문을 연다. 어느새 우리가 오늘 아침에 만났던 곳으로 돌아온 거다. 나는 뭔가에 홀린 사람처럼 노라를 따라 차에서 내린다. 그래도, 아니라는 말.
그 말 사이에서 나에게 건너오지 못한 말들은 뭘까.
뭐가 아니라는 걸까. 앞서 걸어가는 노라의 뒷모습이
어쩐지 아득해 보인다.

*

흰 개를 안은 여자와 검은 개의 목줄을 잡은 남자
가 횡단보도 앞에 서 있다.

혹시 개 키워?

노라가 묻는다.

아니.

나는, 차라리 개라도 있으면……, 요즘은 그런 생
각이 들어.

노라가 개를 보며 소곤거린다. 혓바닥을 반쯤 빼문
흰 개가 우리를 빤히 바라본다. 푸른 줄이 그어진 옷
을 입은 흰 개. 흰 개는 우리 쪽을 향해 깡깡 짖어댄
다. 그 소리에 입마개 사이로 침을 뚝뚝 흘리며 엎드
려 있던 검은 개가 귀를 세우고 벌떡 일어선다. 노라
가 겁도 없이 그 개들에게 다가선다. 나는 노라의 팔

147

을 잡아당긴다. 낯선 것들은 사람이나 개나, 낯선 채로 보내주어야 한다. 그게 요즘의 인사법이다.

인사도 제대로 하지 못하고 떠나온 개가 있다. 내가 다시 노인에게 돌아갔을 때 개똥이의 집은 비어 있었다. 늙어 죽은 개똥이. 개를 보면 개똥이가 떠오르고, 개똥이를 떠올리면 감이 떨어지던 마당이 따라온다. 노인과 떨어지던 감을 보던 날이 있었다. 노인과 나는 거의 3년을 함께 살았지만 우리가 함께 뭔가를 한 건 떨어지는 감을 보던 게 유일했다.

아버지가 집을 나가고 몇 달간 혼자 집을 지키던 내가 처음 간 곳은 한때 함께 살았던 노인—나무는 잘 다듬지만 그 외에는 별로 잘하는 게 없는—의 집이었다. 귀가 어두워 말도 어눌했던 노인은 그사이에 아예 들을 수 없는 노인이 되어 있었다. 대문을 열고 들어선 나를 멀뚱히 바라보던 노인이 마치 기다렸던 사람처럼 손짓을 하며 자신이 앉은 옆자리를 두드렸다. 아무것도 듣지 못하는 노인 덕분에 우리는 별말 없이 삭아가는 툇마루에 앉아 떨어지는 감들을 한참 바라보았다. 결국 오랜 시간을 돌아 있던 곳으로 되돌아온 느낌이었다. 아무리 발버둥을 쳐봤자 거기가 내

자리인 거 같기도 했다. 간혹 담장을 타고 넘어온 길고양이가 들락거리며 노는 빈 개집이 보였다. 개똥이가 살던 집이었다. 10여 년 만에 돌아간 그 마을은 너무 한꺼번에 낡아 낯설기까지 했다. 나는 논 한가운데 못 보던 아파트가 서 있는 것과 한때 밭이었던 문 앞의 공터가 쓰레기장으로 변한 것을 보며 입을 열었다.

……나는 왜 태어났을까요.

듣지 못해 말도 할 수 없게 된 노인은 떨리는 손을 들어 내 어깨를 토닥였다. 차라리 개가 되고 싶었던 시절이었다.

신호등이 바뀌고 사람들이 일제히 도로로 내려선다. 흰 개를 안은 여자와 남자가 끄는 검은 개가 횡단보도 바깥쪽을 가로질러 걸어간다. 노라는 그 개들을 따라 앞서 걸어가고 나는 노라의 뒷모습을 보며 걷는다. 내 시야에 작은 바퀴가 굴러 들어온 건 중앙선을 막 넘을 즈음이다. 단단하고 날카로운 어떤 것이 옆구리를 치고 지나간 게 먼저인지 내가 휘청거린 게 먼저인지는 잘 기억나지 않는다. 다만 영문을 알 수 없는 통증이 내 몸을 강타했다는 사실을 분명하게 알 뿐이다. 지나가던 사람들의 시선이 쏠리는 걸 느낀다. 신호등이 깜박거리기 시작한다. 나는 옆구리를 움켜쥔 채 뒤를 돌아본다. 자그마한 킥보드를 타고 지나간 아이와 아이의 가방을 어깨에 짊어진 여자의 뒷모습이 보인다. 아이가 쓴 노란 헬멧에서 햇빛이 반들거린다. 단단하고 매끄러운 어떤 것. 왜 저들은 돌아보지 않을까. 왜 나에게 사과하지 않을까. 옆구리의 통증이 온몸으로 동그랗게 퍼져나간다. 나만 아는 것. 나에게만 남은 것. 멍처럼 희미해지지만 결코 사라지지는 않는 어떤 것. 아무것도 모르는 노라가 길 건너편에서 나를 향해 손짓한다. 점멸하던 신호등의 색깔이 바뀐다. 나는 천천히 남은 길을 마저 걷는다. 성질 급한 운전자가 경적을 길게 울린다. 노라가 멍하니 나를 쳐다보고 있다. 길을 다 건너간 개들은 빠르게 사라진다. 지나가던 차 한 대가 내 앞에 멈추는가 싶더니 차창이 내려간다.

신호 바뀐 거 안 보여? 좀 똑바로 보고 다녀, 이 아줌마야.

소매를 걷어붙인 운전자는 잠시 나를 노려보고 다

시 제 갈 길로 간다. 아무 곳에서나 소매를 걷어붙이
는 사람들이 있다. 그건 부끄러운 일이다. 사람이라
면 부끄러운 걸 알아야 한다. 나는 그걸 고스톱을 통
해 배웠다. 고스톱을 치다가 내가 고아라는 사실 또
한 알았다. 그게 욕이 될 수 있다는 것도 그때 알게
된 거였다.

　노인의 집은 무료했다. 마을에서 가장 높은 곳에
있던 과수원집을 드나들었던 건 그 때문이었다. 그
집에는 외갓집에 다니러 온 형제들이 있었고 화투를
치던 안방 노인이 있었다. 우리는 겨우내 그 안방에
서 노인과 화투를 쳤다. 기억을 놓지 않기 위해 화투
를 친다는 안방 노인의 말을 제대로 이해할 수는 없
었으나 자려고 누우면 흑싸리나 사쿠라 같은 것들이
눈앞에 어른거리던 경험으로 짐작컨대 화투가 두뇌
활동과 관련 있는 건 맞는 거 같았다. 겨울은 화투를
치기에 좋은 계절이어서 나와 그 집 형제는 화투에
무섭게 집중했다. 점점 노인과 있을 때만 치던 화투
놀이는 노인이 없어도 치는, 우리끼리의 놀이가 됐다.
그 과정에서 내기의 종류도 점점 변했다. 딱밤 내기

였던 화투판이 10원짜리가 됐다가 라면 끓이기를 지나 옷 벗기 내기에 이르는 데 걸린 시간은 채 일주일도 걸리지 않았다. 그게 누구의 제안이었는지는 기억나지 않는다. 다만 우리가 양말이나 바지, 혹은 스웨터를 벗으며 킬킬거렸던 것들이 떠오를 뿐이다. 우리는 게임을 시작하기 전에 일부러 옷들을 껴입었고 그것들을 벗을 때마다 어쩐지 부끄러워하거나 부끄러워하는 서로를 가리키며 부끄러워했다. 그러다가 내가 걸친 옷을 모두 벗어야 하는 순간이 왔다. 막 중학교 입학을 앞둔 그 집 큰 손주가 두 번의 고를 외친 판이었고 그때 내 앞에 놓인 피는 겨우 세 개였다. 피박에 광박. 그건 내가 걸친 옷을 두 번 벗어도 해결이 안 되는 점수였다.

나는 양말과 외투를 벗었고 셔츠의 단추를 하나씩 끌렀다. 내 앞에 앉은 형제는 내가 단추를 하나씩 끄를 때마다 점수를 차감하며 키득거렸다. 내복을 벗는 것까지는 그럭저럭 괜찮았다. 그러나 내가 팬티만 걸친 차림이 되었을 때 우리 중 웃는 사람은 없었다. 맨살에 닿는 실내 공기는 차고 따가웠다. 나는 몸을 부르르 떨며 두 손으로 양 팔뚝을 문질렀다. 아무리 문질러도 팔뚝에 돋은 소름이 가시지 않았다.

빨리 벗어봐.

형제 중 누군가 말했다. 나는 양 엄지손가락을 팬티 고무줄 사이에 끼워 넣고 망설였다. 아무도 알려준 적은 없었지만 그건 어쩐지 하면 안 되는 일 같았다. 어쩐지 울고 싶은 기분이었다.

벗으라고 빨리.

형제 중 누군가가 무릎걸음으로 다가오며 그렇게 말했다. 아니, 그건 말이 아니라 어쩐지 위협처럼 들렸다. 나는 고개를 저었다. 그전까지는 놀이였을지 몰라도 적어도 그건 놀이가 아니었다.

벗으라고.

형제가 동시에 나를 향해 소리쳤다. 나는 내가 벗어놓은 옷가지들이 발치에 수북하게 쌓인 것과 어느새 팽팽하게 긴장한 표정의 형제들을 번갈아 보았다. 울지 않기 위해 입을 막았다.

에이 썅.

그렇게 소리친 사람이 누구였는지 알 수 없다. 내 앞에서 주먹을 쥐고 발을 구르는 형제를 보며 나는 입을 막은 채 턱을 떨며 뒷걸음질 쳤다. 문밖에서 개똥이가 낑낑거리는 소리가 들렸고 거짓말처럼 문이 열렸다. 문을 연 사람은 안방 노인의 며느리, 그러니까 형제들의 할머니였다. 문고리를 쥔 채 잠시 말이 없던 그는 곧 안으로 들어와 형제와 나 사이를 가로막고는 내게 옷더미를 주워 안겼다.

가라.

나는 손을 떨며 아무렇게나 바지를 껴입고 셔츠의 소매를 찾기 위해 애썼다.

개새끼 데리고 빨리 가라.

며느리는 나를 현관 바깥으로 내몰았다. 미는 대로 밀려서 내복은 고사하고 겉옷도 제대로 챙기지 못한 채 나는 마당에 서 있었다. 해가 가라앉을 무렵이었다. 맨살에 닿는 공기가 싸늘했다. 부르르 몸을 떨며 개똥이를 찾았다. 개똥이가 울부짖으며 앞발로 허공을 긁는 게 보였다.

어울리지 말라고 했니 안 했니.

안에서 그런 소리가 터져 나왔다. 애비 에미도 없는 거, 라는 말도 들었다. 나는 신발도 없이 비틀거리며 개똥이의 목줄을 쥐고 그 집을 나왔다. 춥지는 않

있는데 몸이 아팠다. 끌고 가던 목줄이 팽팽하게 당겨졌다. 뒤를 돌아보았다. 개똥이가 선 자리에서 물끄러미 나를 바라보고 있었다. 나는 다시 목줄을 당겼지만 버티고 선 개똥이는 꼼짝도 하지 않았다. 나는 개똥이에게 다가갔다. 그리고 개똥이가 내 맨 발등을 핥는 걸 멍하니 내려다보았다. 몸이 덜덜 떨렸다. 숨이 차고 목이 아팠다. 입을 열면 뭔가 뜨거운 것이 왈칵 쏟아질 것 같기도 했다. 나는 개똥이의 등허리에 대고 그것을 쏟아냈다.

*

왜 어떤 상상은 자주 실제가 되는지 생각한다. 연인을 만나거나 반려견을 들이거나 구직을 하면서 그 이후를 상상하는 일. 누군가는 매 순간에 충실한 게 무엇보다 중요한 일이라고 하지만 그것과 상관없이 삶은 계속된다. 아버지가 사라져도 월세는 내야 했고 월세를 내고 나면 참을 수 없는 허기와 피로가 찾아와서 빵을 씹으면서도 잠들었다가 놀라 잠에서 깨는 일상을 수없이 반복했다. 좋은 결과보다는 나쁜 결과를 상상하고 그것에 대비하려는 습관은 일종의 생존 방식인 셈이었다. 그럼에도 내가 지나온 시간의 대부분은 예상보다 나쁘거나 더 나쁜 쪽으로 진행되는 경우가 많았다. 다시 함께 산 지 2년도 채 되지 않아 노인은 치매 판정을 받았고 의지하고 싶었던 사람들은 갑자기 소식을 끊기 일쑤였으며 큰 결심을 하고 입양한 반려견이 불과 3개월 만에 내 품에서 사지를 떨다 죽은 것으로도 모자라 간신히 계약직으로 합격한 회사에서도 내가 발령받은 곳은 지원했던 부서가 아닌 아울렛 매장이었다. 물론 뭘 가리거나 고를 상황은 아니었다. 누구에게도 기대하지 않고 어떤 상상도 하지 않는다면 그럭저럭 살 수 있을 것도 같았다. 그러나 그럴수록 나는 구체적으로 불길한 예감에 사로잡히는 날이 늘어났다. 그건 오늘도 별로 다르지 않다. 20여 년 만의 재회를 의식해 안 하느니만 못한 단장을 하고 마주한 의붓자매는 나보다 대여섯 살은 어려 보이는 얼굴로 나타나서 어쩔 줄 모르겠다는 표정으로 일관했고 나는 내내 의연하기만 할 수는 없었으며 알 수 없는 이유로 조정된 버스의 배차 간격 때문에 돌아가는 길조차 쉽지 않다. 낯선 터미널에서 한 시간

남짓을 꼼짝없이 머물러야 하는 상황이 된 거다. 그 사실을 인지하자마자 나는 불편하고 어색해졌다. 아니, 사실 오늘 내내 그런 상태였다. 그냥 여기서 인사를 나누고 헤어질까 하는 생각도 해보았지만 그 또한 어색하고 불편하기는 마찬가지였다. 어쩔 줄 몰라 우두커니 서 있는 나를 부르는 목소리가 들린다. 반사적으로 주변을 두리번거린다. 어느 틈엔가 대합실 의자에 자리를 잡고 앉은 노라가 보인다.

이리 와.

나를 향해 손짓하는 노라는 다른 손에 캔커피 두 개를 들고 있다.

이리 와서 얘기나 해.

우리 사이에는 이제 무슨 말이 남았을까.

한때 그런 게 궁금했던 적도 있다. 이제 노라와 나는 남이 되었다. 그것도 영영. 영영이라고 소리 내어 말하면 누군가 구구, 하고 물을 것만 같다. 구구는 81. 그건 한때 노라와 내가 그나마 즐기던 놀이다. 한쪽이 불시에 두 개의 숫자를 외치면 나머지 한 명이 그 숫자들의 곱한 값을 말하는 것. 영영은 영이지. 언젠가 노라는 그렇게 말했다. 영영은 아무것도 없다는 뜻이다. 그게 나와 노라의 관계다. 우리에게 할 말 같은 게 남았을 리 없다. 나는 노라에게 다가가며 그런 생각을 한다. 등받이가 없는 의자는 작고 딱딱하다. 이곳은 떠나는 자들이 잠시 머무는 곳. 머리 위에서는 버스의 탑승 시각을 안내하는 목소리가 끊임없이 웅웅 울리고 있다. 내 앞에 앉은 어린 계집아이가 몸을 바르작거리는 걸 본다. 계집아이는 아까부터 곁에 앉은 여자의 어깨에 매달리거나 의자에서 내려와 주변을 뛰어다니는 중이다. 어디선가 요란한 박수 소리가 들린다. 대합실 앞에 놓여 있는 대형 TV에서 들리는 소리다. 계집아이가 의자 위로 다시 기어 올라간다. TV 때문이다. 화면 속에는 노란색 병아리 모자를 쓴 사람과 입 주위를 까맣게 칠한 사람이 나란히 서 있다. 입 주위를 까맣게 칠한 사람이 밑도 끝도 없이 What the라고 말하자 병아리 모자를 쓴 사람은 Why라고 말하는 상황. What the와 Why인 그들은 거짓말을 할 때마다 다리를 떠는 습관을 가진 사람들이다.

What the가 다리를 떨며 Why에게 예쁘게 생겼

다고 말을 건네자 Why가 다리를 떨며 자신의 엄마
는 돈이 없어 그런 말이 소용없다고 대답하고, 다리
를 떨며 진짜 예뻐서 하는 말이라고 재차 얘기하는
What the에게 Why는 그건 누구나 아는 사실이라고
말하고는 그럼에도 그 말에 자신이 현혹되지 않을 거
라고 강조한다. 듣고 있던 What the가 두 다리를 떨
며 자신이 법의 울타리 안에서 오래 지낸, 선량한 사
람이라고 과장된 어조로 화면을 향해 호소하자 Why
가 반색하는 장면을 나는 멍청히 지켜본다.

　Why, 우리 아빠도 그런데……. 우리 아빠도 지금
그 울타리 안에 있어요.
　What the, 그게 정말이냐? 네 이름이 무엇이냐.
　Why, 그런 건 왜 묻죠?
　What the, 이름은 부르라고 짓는 것이다. ……네
성性이 혹시 더블 유가냐?
　Why, 그걸 어떻게 아세요?
　What the, What the!
　Why, 아저씨, 왜 그러세요?
　What the, 네가 내 아버지다.

Why, 그럼…… 당신이 내 아버지예요?

둘은 부둥켜안고 화면은 방청석 쪽으로 이동해서 박수를 치며 웃는 사람들을 비춘다. 내 앞에 앉은 계집아이의 좁은 어깨가 들썩이는 게 보인다. 아이는 정말이지 온몸을 흔들며 웃고 있다. 나는 웃는 그들이 이상하다고 생각한다. 도대체 저 과장된 두 인물의 상투적이고 모자란 대화 어디쯤에 유머가 숨어 있는 걸까. 왜 어리거나 젊은 것을 가리지 않고 그들은 저걸 보고 즐거워하는 걸까. 두 눈을 끔벅거리며 TV를 보는 노라도 뭘 알아들은 건지 미소가 입가에 걸려 있다. 나는 노라의 귓가에 대고 소곤거리듯 묻는다.

저게 뭐야?

너 몰라? 요즘 한참 뜨는 개그코넌데? 저 콘셉트로 아마 광고도 찍었을걸.

왜? 저게 왜 웃긴데?

……글쎄. 아마 네가 내 아버지다, 그 말 때문 아닐까. 그거 요즘 유행어거든. 네가 내 아버지다……. 좀 웃기잖아. 얼마 전에 게임도 나왔더라.

그 말이 왜 웃긴지 나는 이해할 수가 없다. 다만,
당신이 내 엄마다.

이런 말을 하는 날을 상상해 보았다. 오래전에.

버스 정류장에서 버스를 기다리다가 도로 한가운
데 서 있는 여자를 보던 날이었다. 퇴근 무렵이라 차
들이 빽빽한 왕복 10차선 도로 가운데 중앙선을 밟고
선, 반삭의 여자였다. 체크무늬 셔츠에 발목까지 내려
오는 폭이 넓은 스커트를 받쳐 입은 여자는 쑤셔 박
은 옷가지들에서 튀어나온 소맷자락이 나풀거리는
쇼핑백을 양어깨에 짊어지고 있었다. 쇼핑을 과하게
하신 모양이라고, 곁에 선 누군가가 다른 누군가에게
키득거리는 말소리가 들렸다. 나는 여자를 오래 바라
보았고 여자도 한 곳을 오래 응시했다. 느리게 이동
하는 차들이 여자의 곁을 지나가며 경적을 울려댔지
만 여자는 눈도 깜박하지 않았다. 그저 자신이 바라
보는 어느 한 곳을, 거기가 아닌 그 너머를, 이미 그
곳에 다다른 사람처럼 희미한 미소를 띤 채 응시하기
만 했다. 차들이 지나갈 때마다 솟구치는 여자의 치
맛자락 사이로 슬리퍼를 신은 맨발이 드러났다.

도망을 쳤구나.

나는 생각했다.

……냅다 줄행랑을 친 거야.

엄마가 떠올랐다. 엄마를 떠올리지 않을 수 없었다. 엄마가 집을 나간 후 아버지와 나를 둘러싼 소문들이 울타리처럼 견고해지던 걸 나는 알고 있었다. 이웃들은 추측과 상상을 뒤섞어 하루에도 몇 번씩 우리 집 담장을 기웃거리곤 했다. 심지어 그들이 키우던 개들조차 자주 우리 집 마당을 기웃거렸다. 그들은 우리보다 우리를 더 잘 아는 사람들 같았다. 어쩌면 아버지가 나를 노인의 집으로 보낸 건 그것 때문이었다. 내가 순순히 아버지를 따라간 것도 그런 소문을 알기 때문이었다. 소문이 버려진 우리가 감당해야 할 몫이었던 셈이다.

신호에 걸린 차들이 다시 제자리에 섰을 때 이윽고 여자가 천천히 도로를 가로지르는 게 보였다. 나는 여자가 움직이는 방향을 가늠해 그쪽으로 걸어갔다. 그러나 길을 다 건너온 여자는 어느새 거리 사이로 난 작은 틈으로 사라졌다. 뭔가 강력한 것이 여자를 빨아들이기라도 한 것처럼 소리도 없이. 말을 걸 사이도 없이, 순식간에.

엄마구나.
엄마도 저렇게 도망친 거구나.
어쩌면…… 저게 나일 수도…… 있겠구나.

누구도 바라지 않지만 역류하는 물과 오수 때문에
집을 잃거나 쫓겨나게 되듯, 내가 그런 상황이 될 수
도 있다고, 여자가 사라진 골목 앞에서 생각했다. 문
득, 사라진 여자가 나 같고, 내가 사라진 그 여자가
된 기분이었다. 나는 어디로 도망쳤을까. 어떻게 하면
이곳으로부터 멀어질 수 있을까. 나는 부디 그녀들이
꼭꼭 숨어 다시는 눈에 띄지 않기를 바랐다. 원망하
는 마음을 까맣게 잊고 그런 생각을 했다.

그래서, 오래달리기를 생각한다.

엇비슷했던 노라와 내 키에 차이가 나기 시작한 건
열두 살 무렵부터였다. 초등학교 4학년 겨울 무렵부
터 또래보다 발육이 빠르던 노라는 그야말로 무순처

럼 쑥쑥 자랐다. 덕분에 초등학교 육상부나 배구부 선생들과 조숙한 사내아이들은 노라의 관심을 끌기 위해 날마다 애를 썼고 나는 그런 노라와의 보폭을 맞추기 위해 매번 종종걸음을 걸었다. 종종 걸으며 종종 걷는 것처럼 보이지 않는 일은 생각보다 어려운 일이었다. 나는 자주 숨이 찼고 소나기를 맞은 사람처럼 땀을 흘렸다. 그런 내 꼴이 우스워 울고 싶을 때도 있었다. 나는 종종 걸으며 호흡을 편하게 하는 연습했다. 크게 들이마시고 깊이 내쉬는 연습. 여러 번 짧게 마시고 크게 내쉬는 연습. 연습을 하는 동안은 마음과 생각이 사라져서 자꾸 연습을 하게 됐다. 전교에서 가장 오래, 잘 달리는 아이가 된 건 순전히 얼결이었다. 체격이 월등한 노라가 운동 신경은 형편없다는 사실에 낙담한 선생 중 육상부 선생이 나를 눈여겨보기 시작한 것도 따지고 보면 노라 덕분이었다.

꼼짝도 하지 않던 내 키가 회양목처럼 느리게나마 자라기 시작한 건 신기하게도 그즈음부터였다. 여전히 나는 노라보다 한 뼘 정도는 작았지만 더는 숨이 차거나 울고 싶은 마음은 들지 않았다.

오래 달리다 보면 마음과 생각이 사라져서
당신들은,
잘살고 있냐고 묻게 된다.

노라가 내 쪽으로 몸을 돌리며 묻는다.

그런데,
너는…… 왜 내내, 화가 나 있어?

말할 수 없는
마음

노라는 먼저 동쪽을 향해 떠났고 나는 혼자 대합실에 남았다. 시간을 확인한다. 승차가 시작되기까지는 아직 40여 분을 더 기다려야 한다. 그 시간의 길이를 생각한다. 뭘 하기에는 짧고 아무것도 하지 않기에는 다소 긴 시간. 나는 아무것도 하지 않는 쪽을 택한다. 사선으로 길어지는 세상을 멍하니 바라본다. 한 무리의 사람들이 긴 그림자를 끌고 승강장에서 들어오고 앉은 사람들은 하나둘 일어나 붉은 햇빛 속으로 걸어간다. 대합실에서 승강장으로 나가는 출입문 앞에 여자가 서 있는 걸 본다. 긴 치마에 하얀 모자를 쓴 그는 바깥을 향해 손을 흔들며 웃고 있다. 꽤 오랫동안.

누군가를 맞는 건지 보내는 건지 나로서는 알 수 없다. 다만 손을 흔드는 일을 곰곰이 생각할 뿐이다. 그걸 제대로 해본 게 언제였는지 기억나지 않는다. 해본 적이 있기는 한가. 아무리 떠올려도 물건을 살 때를 제외하고는 잘 가라거나 어서 오라는 얘기를 들어본 적이 없는 것 같다. 내가 아는 이별은 대개 느닷없이 일어나는 것이었다. 어제까지만 해도 잘 자라는 인사를 나눴던 사람이 갑자기 소식을 끊거나, 헤어지고 돌아와서야 그게 마지막이었음을 깨닫는 일. 그게 누구이든 반복되면 일상이 된다. 그러니까 나는 급작스레 이별하는 일이 일상인 셈이다. 어디선가 아이가 우는 소리가 들린다. 아이가 울면 불안해진다. 뭘 해야 하는지를 생각하게 된다. 자리에서 일어난 나는 화장실을 찾아 걸음을 옮긴다. 사방을 가린 칸막이가 나를 보호해 줄 거다. 나는 다섯 개의 칸으로 나뉜 화장실에서 가장 안쪽 칸의 문을 연다. 비로소 마음이 편해진다. 종종 좁고 답답한 공간에서야 비로소 마음의 평안과 고요를 되찾는, 이상한 마음을 가지고 있다. 이런 마음에 대해 김용지 씨에게 털어놓은 적이 있다.

그건 무의식이 기억하는 본능 때문이지 싶은데요?

김용지 씨는 그렇게 말해 주었다. 누구나 제각각 무의식에 자기보호 본능이 내재되어 있다는 거였다. 어떤 책인가를 뒤져 찾아낸 몇 개의 문장을 손톱으로 그어가며 읽어주기도 했다. 나의 말할 수 없는 마음을 누군가에게 털어놓은 것도 처음이었지만 그런 말과 행동을 나에게 보여준 것도 김용지 씨가 처음이었다. 김용지 씨는 나를 분석하려 들지 않았다. 그가 내게 한 일이라고는 논리적이고 객관적인 근거를 구체적인 예로 들어준 게 다였다. 그것들은 나에게 적잖은 위로가 되었다.

크게 심호흡을 한다. 버스에 타야 할 시간이 다가온다. 천천히 문을 열고 나와 손을 씻다가 거울을 들여다본다. 어이가 없을 정도로 엉망인 얼굴이 거기에 있다. 붓고 푸석푸석한 것으로도 모자라 오랜만에 공들여 그린 아이라인은 굵기가 달라서 양쪽 눈 크기도 제각각이고 틈날 때마다 덧바른 파운데이션이 가면처럼 얼굴 위에 부옇게 떠 있다. 한마디로, 가관이다. 이 얼굴을 갑자기 참을 수가 없어진다. 나는 소매를 걷어붙인다. 아무리 문질러도 거품이 잘 나지 않는 비누를 얼굴에 비벼가며 양말을 문질러 빨듯 박박 씻어낸 다음 손바닥으로 얼굴을 쓸어 물기를 걷어낸다. 끔찍할 만큼 긴 하루다. 내가 살아온 거의 모든 시간을 그런 기분으로 보냈지만, 그중에서도 오늘은 유독 더 그런 심정이다. 그 하루도 거의 끝나간다. 나는 시간을 확인하고는 얼굴에 남은 물기를 마저 닦을 사이도 없이 승강장 쪽으로 뛰기 시작한다.

타자마자 등 뒤에서 문이 닫힌다. 띄엄띄엄 앉은 승객들이 내 민낯을 힐끔 쳐다보는 걸 느끼며 자리를 찾아 앉는다. 버스가 움직이기 시작한다. 창가의 나는 천천히 움직이는 창밖을 본다. 이곳에 올 일이 또 있을까. 아니, 그런 일은 결코 없을 거다. 터미널을 빠져나온 버스가 속도를 내기 시작한다. 어쩌면 아버지가 지나간 적이 있을 거리와 식당과 건물, 그리고 사람들이 면과 색으로 변해 흘러가는 걸 본다. 처음이자 마지막인 거리. 나는 인사도 제대로 하지 못하고 헤어진 사람들을 하나하나 떠올린다. 끝까지 인사는 하지 않을 생각이다. 한 번 감상에 젖기 시작하면 걷잡을 수가 없다. 연민에 빠지지 않는 것. 여기까지 나를 끌고 온 건 그거였다.

*

　몇 번이나 고개가 떨어졌는지 모른다. 잠 귀신. 그
런 게 있다면 내가 딱 그 귀신이 들린 꼴이었다. 정말
나는 풍선처럼 온몸을 흔들며 졸고 있다. 개인지 늑
대인지 모를 검은 덩어리가 내 목덜미를 물고 가서
어두운 구덩이에 처박는 꿈을 꾸다 눈을 뜨면 옆 사
람의 어깨가 코앞에 있고 유리창 쪽으로 기대 졸다가
공연히 놀라 깨면 앞좌석 등받이에 머리가 닿아 있
다. 꼴이 한없이 우스워 보인다는 걸 알면서도 어느
순간부터 부러진 잠자리채처럼 고개가 이리저리 돌
아가는 걸 정말 나로서도 어쩔 수가 없다. 그러다가
나는 끙끙 앓기 시작한다. 내가 앓는 소리가 내 귀에
들리는데도 자꾸 앓는 소리가 새어 나온다.
　젊은 사람이 참⋯⋯. 이것 좀 마시고 정신 차려요.
　낯선 목소리에 나는 겨우 눈을 뜬다. 중년의 여자
가 나를 보며 혀를 찬다. 나는 여자가 내민 음료를 얼
결에 받아든다. 지평에 걸린 햇빛이 이마 위로 떨어

진다. 뜨겁다. 뜨겁고, 춥다. 크게 심호흡을 하며 고쳐
앉은 나는 곁에 앉은 여자에게 사과한다.

그게 다 기가 허해서 그러는 거예요.

여자는 다리가 저리거나 손발이 찬 증상은 없냐고
묻는다. 그리고는 내 대답을 듣지도 않고 그럴 땐 흑
염소가 즉효라는 말을 덧붙인다. 자신도 오래 앓던
저혈압과 두드러기를 흑염소로 고쳤다고 굳이 가방
을 뒤져 건네는 명함과 사탕을 뿌리치지 못하고 받아
든다. 웰빙 건강원. 그게 어디 있는 건지는 알 수 없
다. 다만 전국 어디로든 택배가 가능한 흑염소를 생
각할 뿐이다. 내가 전국 어디로든 배달이 가능한 흑
염소를 먹는 날이 올까. 나는 쓴웃음을 지으며 명함
을 가방에 넣는다. 꿈속에서 물린 목덜미가 욱신거리
는 느낌에 몇 번이나 목덜미를 주무른다. 곁에 앉은
여자가 쯧쯧 혀 차는 소리를 들린다. 어느새 이마로
떨어지던 햇빛이 창밖으로 물러가고 그 자리에서 검
푸른 저녁이 차오른다. 버스는 안간힘을 다해 그 저
녁을 지나가고 있는 중이다. 어디선가 캉캉, 개 짖는
소리가 들린다. 나는 반사적으로 고개를 들어 주위를
두리번거린다. 곧 그 소리의 출처가 내 곁에 앉은 여

자가 들고 있는 휴대전화라는 걸 깨닫는다. 정말이지 어디든 개가 있는 세상이다.

얘가 우리 딸. ……보고 있으면 시간 가는 줄 모르지.

내가 엿보고 있다는 걸 깨달았는지 여자가 휴대전화를 내보이며 그렇게 말한다. 슬그머니 말끝을 놓은 여자는 그 개를 입양하게 된 사연을 친절하게 늘어놓기 시작한다. 요깡이라는 이름을 가진 휴대전화 속의 개는 세 살 된 암컷 말티즈라고 한다. 나는 건성으로 고개를 끄덕인다. 왜 양갱이 아니라 요깡인지 잠깐 궁금했지만 굳이 물어볼 마음은 없다. 뭘 물으면 방언처럼 말문이 터지는 사람을 이미 알고 있다. 노라는 그런 엄마를 곤혹스러워하고는 했다. 노라와 내가 서로 묻거나 대답하지 않고도 익히 헤아릴 수 있는 몇 개의 마음. 그중에 엄마가 있다.

버스를 타기 직전에 노라는 내게 볼펜을 내밀었다. 메일 주소를 알려달라고 했다. 휴대전화를 두고 굳이 볼펜을 내미는 이유까지는 알 수 없었지만 나는 가방을 열어 메모지를 찾았다. 휴지나 음식점 명함 같은 게 한두 장쯤은 들어 있을 법했다.

그러지 말고, 그냥 여기다 써줘.

노라는 내 눈앞에 자신의 손바닥을 들이밀며 말했다. 휴대전화를 두고 굳이 손바닥을 내미는 이유를 몰라서 금방 지워질 텐데, 라고 중얼거리다가 지워지든 말든 내가 알 바는 아니라고 생각했다.

근데 있잖아,

노라가 속삭이듯 작게 말했다. 말소리에 들쩍지근한 냄새가 섞여 있었다. 달고 고소하고 구린. 개똥이에게서 나던 냄새랑 비슷했다. 그게 체온의 냄새인거 같기도 했다.

내가 좀 전에 게자리 운세를 찾아봤거든, 심심해서.

……서쪽으로 가면 귀인을 만난대? 아니면 남쪽?

아니.

농담으로 한 말인데 노라의 표정은 어쩐지 진지했고 어쩌다 보니 잡게 된 손은 서늘했다. 노라의 말소리가 닿은 이마가 간질거렸다.

좀 친절해지래, 자기한테.

언젠가 사주카페에서 만난 여자는 게자리의 운명을 가진 사람들은 해변의 게처럼 연약하고 무방비한

내면과 심연의 어두움을 동시에 지닌 사람들이라고 했다. 듣기에는 그럴싸한 말이었지만 하나 마나한 말이라고 생각했다. 내가 아는 인간은 대개 연약하고 속을 알 수 없으면서 동시에 어리석고 사악한 면도 가진 자들이었다. 안 그런 사람이 없었다. 하루에 몇 번씩 화투장을 뒤집으며 내일의 운세를 점치던 과수원집 안방 노인은 끝까지 자신이 자전거에서 떨어져 죽게 되리라는 걸 알지 못했고 그해 장마가 불러온 산사태로 과수원이 쑥대밭이 될 걸 미리 점친 사람도 없었다. 나는 몇 번이나 그곳에 가서 물크러진 복숭아들을 짓밟으며 진흙과 뿌리째 뽑힌 나무들로 엉망이 된 과수밭을 다소 후련한 심정으로 바라보곤 했다.

그런 건, 믿을 게 못 된다.

*

부은 발이 신발 속에서 터질 것처럼 느껴지는 즈음에야 나는 겨우 집으로 돌아온다. 현관문에 딱지 모양으로 접은 메모지가 붙어 있다. 그런 걸 거기 붙일

사람은 김용지 씨뿐이다. 문을 열고 신발을 아무렇게
나 벗으며 접힌 그것을 천천히 펼친다.

연락 바랍니다.

김용지 씨는 다소 과하다 싶을 정도로 조심성이 많
고 부끄러움도 많은 사람이었다. 그는 서두를 길게
늘어놓느라 용건의 요지를 종종 놓치는 사람이었고
굳이 볼 일이 있어도 직접 문을 두드리기보다는 문틈
으로 상황을 묻는 메모지를 밀어 넣는 쪽을 선호했으
며 환절기 무렵이면 일체의 생필품을 택배로 받아쓰
며 두문불출했다. 체질상 폐가 약해 바깥출입을 삼간
다는 게 그 이유였다. 그가 두려워하는 많은 일 중의
하나가 혼자 앓는 것이었다.

그러다가 쥐도 새도 모르게 죽으면 어떡하나, 그
생각을 하면 잠이 안 올 지경이에요.

김용지 씨는 가끔 우울한 표정으로 그렇게 말했다.
실제로 이 집으로 이사를 하고 얼마 되지 않아 욕실
에서 나오다가 미끄러져 잠시 의식을 잃은 적이 있었
다고 했다.

자세히 보면 우리 삶이라는 게…… 온갖 위험에 노출되어 있다 이 말입니다. 욕실 앞에 비닐봉지가 떨어져 있을 줄 누가 알았겠습니까.

그렇게 말한 그는 자신의 뒤통수를 더듬어 굳이 흉터 자국까지 확인시켜 주며 우울한 표정으로 말을 이었다.

눈을 뜬 게 기적이라니까요. 그런데…… 눈을 뜨긴 떴는데 여전히 나 혼자더란 말입니다. 그때 눈을 뜨지 못했다면, ……생각만 해도 끔찍한 일이죠.

그런 거까지 대비할 수는 없잖아요. ……그래도 살아야 하니까.

물론입니다. 그러나 대비할 수 있는 일은 대비를 해야죠.

대비하고 준비하는 삶. 나도 그런 삶을 살기 위해 노력했다. 한편으로 노력하지만 노력해도 안 되는 게 도처에 널린 게 삶이었다. 그럼에도 김용지 씨와 종종 왕래를 하는 이유는 그의 간곡한 부탁 때문이다.

그냥 하루나 이틀에 한 번 정도…… 문을 두드려 봐 주실 수 있을까요?

다소 황당한 부탁이었고, 그게 무슨 도움이 될까 싶기도 했지만 김용지 씨는 진심으로 그걸 원하는 사람 같아 보였다. 이미 그에게서 김치나 장 따위를 얻어먹은 전력이 있는 나로서는 그 청을 거절하기도 마땅찮았다. 그리 어려운 일인 것도 아니었다. 그게 종종 그와 왕래하며 지내게 된 이유다.

나는 한숨을 쉬며 신발을 도로 신고 그의 현관문을 두드린다. 어디선가 기름 냄새가 흘러나온다. 부산하고 따뜻한 냄새, 라고 나는 생각한다.

혹시 시간이 괜찮으신가요? 시골에서 택배가 왔는데 문득 모라 씨 생각이 났습니다.

문을 연 김용지 씨가 조심스레 묻는다. 나는 잠깐 망설인다. 당장 드러눕고 싶은 마음이지만 한편으로는 문득 이 기름 냄새가 지금 나에게 잠보다 더 필요한 것일지도 모른다는 생각 때문이다. 혼자서는 좀처럼 하게 되지 않는 음식들. 김용지 씨의 모친은 용케 그런 것들만 골라 왼쪽 문 안에 사는 자신의 자식에게 보내는 사람이다.

여의치 않으시면 그냥 쉬셔도 됩니다. 음식이 어디

가는 것도 아니니까요.

내 기색을 살핀 김용지 씨가 그렇게 덧붙인다.

음식은 어딜 가지 않겠지만 이런 부산하고 따뜻한 냄새는 곧 사라질 거다. 나는 갑자기 맹렬한 식욕을 느낀다.

식탁 위에는 몇 가지 전과 잡채, 케이크 상자와 막걸리가 놓여 있다. 나는 김용지 씨가 냉장고에서 막걸리와 양은 잔을 꺼내는 걸 본다. 전이나 잡채는 그렇다 쳐도 케이크와 막걸리는 다소 어울리지 않는 조합이다. 왜 케이크가 여기 있는 것일까. 내가 케이크 상자를 쳐다보는 것을 눈치챈 김용지 씨가 말한다.

별 의미는 없지만…… 제 생일이거든요.

김용지 씨는 오랫동안 혼자 자신의 생일을 기념했고 그때마다 습관적으로 막걸리를 사게 된다고 말한다. 그건 어쩌면 자신의 아버지 때문인 것 같다는 거다. 좋은 일이든 나쁜 일이든 뭔가 일이 생기면 막걸리부터 찾았다는 김용지 씨의 아버지를 나는 모른다. 다만 아버지를 생각할 뿐이다. 노라와 나를 데리고 나가 막걸리 한 병을 아껴 먹고 돌아오던 저녁들. 비밀도 아닌데 비밀처럼 은밀하게 몇 번씩이나 물로 입을 헹구고 박하사탕을 물던 아버지는 이제, 없다. 어쩌다 보니 오늘 내내 그 사실을 떠올리고 확인하기를 반복한다. 머뭇거리는 김용지 씨를 대신해 케이크를 꺼낸다. 케이크는 딸기가 소복한 분홍색 생크림 케이크. 준비된 초는 긴 초 세 개에 짧은 초가 두 개다. 김용지 씨는 이제 막 서른두 살이 되었고 올해로 예순넷이 된 아버지는 오늘 세상에서 사라졌다. 나는 서른두 살이 된 김용지 씨를 위해 초에 불을 붙이고 수줍어하며 촛불을 끄는 그를 본다. 큰 숨을 들이마셔 볼을 부풀렸다가 한꺼번에 내뱉는 일. 어쩌면 그런 사소한 일이 생의 실감일 거다. 문득 살고 죽는 일은 김용지 씨가 사는 집과 내가 사는 집처럼 나란하다고, 생각하며 나는 작게 박수를 친다. 우리는 어색하게 케이크를 나누고 잔에 막걸리를 채운다.

　모라 씨는 생일이 언제입니까.

　김용지 씨가 젓가락으로 케이크를 떠먹다가 묻는다. 나는 잊고 있던 약속을 떠올리는 사람처럼 날짜를 헤아려 본다. 아버지로부터 전해들은 내 생일은 음력 7월 4일이다. 아니, 그게 음력 생일인지 양력 생

일인지는 아버지도 확실치 않다고 했다. 다만 아버지
가 기억하는 것이라고는 내 생모가 자신의 생일국을
끓이다가 급히 병원에 갔다는 것뿐이었다.

그럼 나는 몇 시에 태어났어?
몰라.
왜 몰라.
그게 뭐가 중요한데.
12시가 넘었으면 생일이 다른 거잖아.
……기억이 안 나. 그날이 그날인 거밖에.

생일 따원 대수롭지 않게 생각하는 아버지 덕분에
나는 내 생일을 자신할 수 없다. 아버지가 분명하게
기억하는 건 음력인지 양력인지 모를 생모의 생일,
혹은 그즈음에 내가 태어났다는 사실이 전부였다. 차
라리 몰랐으면 좋았을 사실이었다. 나는 언젠가부터
생모를 떠올릴 모든 가능성에서 벗어나기 위해 노력
했다. 갈치나 꽁치, 고등어 따위를 먹지 않는 이유도
따지고 보면 생모 때문이었다. 왜 이렇게 됐을까. 혼
자 잠들었다가 혼자 깨어나야 하는 많은 밤 동안 나

는 그것에 대해 생각하다가 아예 생일을 잊는 쪽을 택했다. 아버지의 말대로 잊어버리면 아무 일도 아닌 일이었다. 나는 잊어버린 기억을 떠올리는 심정으로 한참 만에 김용지 씨에게 말한다.

……7월 4일일 거예요, 아마.

미합중국의 독립기념일에 태어나셨네요.

김용지 씨가 호들갑스럽게 양손을 번쩍 들어 올리며 말한다. 식탁이 부르르 떤다. 나는 눈앞에 놓인 김용지 씨의 휴대전화 화면에서 번쩍거리는 이름을 본다. 한옥영 씨. 김용지 씨는 잠시 난감한 표정을 지어 보이디니 고개를 외로 틀고 걸려온 그 전화를 받는다. 김용지 씨의 말투는 투박하고 그의 입에서 나오는 말들은 짧다. 그게 살가운 사람들 간에만 가능한 어법이라는 걸 안다. 노라도 그랬다. 걸려온 전화를 받던 내내 노라의 말투는 무뚝뚝하기 그지없었다. 통화 중인 휴대전화에서 띄엄띄엄 새어 나오는 말소리가 들렸다. 비록 오래되기는 했지만 어미를 길게 끄는 말버릇은 분명 귀에 익은 것이었다.

엄마야. ……저녁은 먹고 오냐고.

묻지도 않았는데 전화를 끊은 노라가 그렇게 말

했다.

응. 들었어.

들렸어?

엄마 목소리가 크잖아.

크지.

……여전하시지?

달리 꺼낼 말이 없어 어제 물었던 말인 걸 알면서
도 나는 다시 물었다.

……모라야.

노라가 내 이름을 불렀다. 나는 노라가 자신의 가
방 위에 올려놓은 두 손을 물끄러미 보았다. 얇고 긴
손가락들에 작은 손톱들은 반들반들했다. 노동이라
고는 해본 적이 없는 손처럼 보였다. 이런 손의 주인
인 이 아이는 또, 무슨 말을 하려고 이렇게 나를 부르
는 걸까. 나는 멍하니 그런 생각을 했다. 노라는 손을
꼼지락거리며 말했다. 아주 옛날에 나에게 편지를 쓴
적이 있다고 했다.

한창 종말론이 유행하던 즈음이었나, 혜성에 충돌
할 거라는 얘기, 곧 3차 대전이 일어나서 지구가 멸

망할 거라는 얘기, 날마다 사방에서 그런 얘기들이 들렸어. 그쯤이었던 거 같아. 어느 날 집에 갔는데 해가 지고 있더라. 그렇게 붉은 빛은 처음이었어. 벽이며 바닥이 온통 새빨갰는데, 그게 핏물처럼 주르륵 흘러내리는 거 같은 거야, 사방에서. 온 집 안이 타는 거 같았어. 그 순간에는 정말 지구가 곧 사라질 거라는 말이 믿어지더라고. 근데 거기에 내가 혼자 있는 거야. 시뻘개져서……. 갑자기 너무 끔찍했어.

　그때는 나와 아버지가 집을 미처 구하지 못해 문을 닫은 인쇄소에서 숙식을 해결하고 있을 즈음이었다. 쿠션이 꺼진 소파나 난로, 이불과 라면, 짜장면 같은 단어들만 떠오르는 시절이었다. 이불을 눈 밑까지 끌어올리고 좀처럼 따뜻해지지 않는 발가락을 꼼지락대다 보면 천장이나 창 밑에서 발 달린 짐승의 기척이 들리던 그 한 달 남짓의 시간 동안 나는 오로지 먹고, 자는 것에 집중했다. 그걸 하느라 아무도 떠오르지 않았고 누구도 원망할 틈이 없었다. 그러던 어느 날이었다. 전지 더미 위에 놓인 TV에서 비행기가 추락했다는 뉴스를 봤다. 비행기가 떨어진 곳은 지구 반대편의 어느 마을 근처라고 했다. 화면으로 보는 그곳은 숲과 호수에 둘러싸인, 조용하고 기품 있는 동네처럼 보였다. 지구 반대편에도 사람들이 살고, 마을이 있고, 그 마을은 하나같이 저런 모습일 거라고 생각하니 이상하게도 눈물이 났다. 나는 왜 저기 있지 못하고 여기서 저곳을 보고 있을까, 하는 마음이었다. 이미 불에 타 뼈대만 남은 비행기의 사고 소식 같은 건 안중에도 없었다. 양 떼가 한가로이 풀을 뜯고 해질녘이면 마을에서 가장 높이 솟은 첨탑의 종소리가 돌아갈 시간을 알려주는 동네. 나는 왜 거기가 아니고 여기에 이렇게 찌꺼기만 남은 짜장면 그릇처럼 앉아 있을까.

창밖에서 굵은 바람이 골목을 지나가는 소리가 들렸다. 줄줄이 부도가 나서 빈 가게들의 셔터를 흔들며. 바람이 나무 태우는 냄새를 끌고 왔다. 무겁고 쌉쌀한 냄새가 천천히 썰렁한 공기에 섞이는 걸 느꼈다. 그리고 나는, 버려진 필름과 굳어가는 잉크 깡통과 폐지들이 어지럽게 널린 빈 인쇄소에 혼자 앉아 있었다. 이따금 뭔가 굴러가고 찢어진 플래카드가 낡은 벽을 치거나 허공을 때리는 소리에 귀를 막으며 화면 속의 평화로운 동네와 이곳의 거리를 생각했다. 가도 가도 내가 결코 도달하지 못할 곳들이 있었다. 눈앞에 보이는 찌그러진 주전자나 시어 꼬부라진 김치가 담긴 김치통처럼, 나는 영영 이곳을 벗어나지 못할 거였다.

그 겨울에 날마다 너에게 편지를 썼어.

노라가 그렇게 말했다.

저는 말입니다, 가끔 이렇게 모여 있는 애네들을 보고 있으면 아, 애들은 옛날의 누군가가 나에게 보내는 전언傳言들인지도 모른다, 하는 생각이 듭니다.

나릿한 표정으로 김용지 씨도 그런 말을 한다.

왜? 왜요?

나는 그렇게 물을 수밖에 없다. 묻지 않고는 살 수 없는 마음이 있듯이, 이유를 알고 싶은 마음들이 있다. 나는 모르고 그들은 아는 마음과 나는 알고 그들은 모르는 마음. 그 사이에 우리가 있다. 이유를 묻지 않으면 도저히 알 수 없는 마음들. 그건 아주 오래되고 사적인, 비밀들이고 그 비밀들이 이야기를 만들고 덧붙이고, 이어갈 거다. 내가 묻고, 또 묻는 이유다.

재들에게 지나온 시간만큼의 흔적이 남아 있으니까요. 제가 제일 싫어하는 말이 뭔 줄 아십니까. 바로 시치미예요, 시치미. 시치미를 떼고 입 닦는 사람들, 뭐가 안 묻은 것들은 당최 정이 안 가요. 거기에 비해 저것들은 한없이 솔직하다 이 말입니다. 손때나 밑줄, 메모, 얼룩, 뭐 이런 건 도저히 숨겨지지가 않거든요. 가끔 그것들로 한때 애들의 주인이었던 사람들과 교감하고 있는 거죠.

횡설수설하던 김용지 씨는 감정이 북받치는 듯 잠시 고개를 위로 들어 올려 눈을 끔뻑거린다.

하나였던 때가 있으니까,
내 물음에 노라는 그렇게 대답했다.

지금은 사라진 마음들, 사람들. 굳이 그것들을 떠올릴 생각은 없다. 다만, 그런 시간을 지나왔다는 생각을 하면 가끔 길고 깊은 숨을 쉬게 된다. 깊은 바닥에서 천천히 떠오르는 거대한 포유류처럼, 살고 싶어진다.

결국…… 편지는 보내지 못했어.

노라가 말했다.

이해해. 내가 어디에도 없었으니까…….

…….

결국 아무 일도 일어나지 않았잖아, 그치?

그래도 다…… 그런 건 아니야, 모라야.

…….

그 뒤로 가끔…… 외출했다 집에 들어가면 이상하
고 낯선 기분이 들곤 했어. 사물들의 자리가 조금씩
어긋나 있다는 느낌이 들거나 누군가 뒤에 있는 거
같은 느낌 같은 거 말이야. 어떨 때는 바닥에 찍힌 발
자국 모양의 물 얼룩을 발견하기도 했어. 엄마나 내
발자국일 리가 없는 그런 거…….

무서웠겠다.

내 말에 노라가 웃으면서 고개를 저었다.

말도 안 되지만……, 그때마다 생각했어. 네가 다
녀갔구나, 하고.

누군가 다녀간 집에 들어간 적이 있었다. 밥을 지

어 먹고 샤워를 하고 거울 앞에 앉아 머리를 말리다가, 동글납작한 뭔가가 화장대 위에 놓여 있는 걸 보았다. 붉고 푸른 색소가 잔뜩 들어간, 약과 모양의 사탕이었다. 나는 열쇠로 문을 열고 들어왔던 걸 떠올리며 집안을 둘러보았다. 달라지거나 없어진 물건은 없었다. 그럴 만한 게 없는 집이었다. 그저 처음 보는 사탕이 거기 있을 뿐이었다. 나는 그 사탕을 그 자리에 두고 잠이 들었다가 일어나 출근을 했고, 다시 돌아와서 그 사탕이 여전히 거기 있는 걸 보았다.

그 말을 들은 김용지 씨는 또 그런 일이 생기면 언제든 자신을 부르라고 말한다. 뒤숭숭한 시절이니 조심해서 나쁠 건 없다는 말도 한다. 그런 김용지 씨에게 내가 그 사탕을 먹었다는 말을 차마 할 수가 없다. 고백하자면, 나는 날마다 그 사탕을 조금씩 깨물어 천천히 녹여 먹었고 다 먹은 후에는 내 혓바닥을 거울에 비춰 보았다. 붉고 푸르게 물든 혓바닥 덕분에 어쩐지 나는 조금 달라진 것 같았다. 내 몸으로 들어온 낯선 단맛이 피가 되고 살이 되는 상상을 했다. 그렇게 내 몸의 일부가 된 모르는 것들로 내가, 여기까지 온 것 같았다. 정말 누군가, 다녀간 적이 있었다.

노라

여전히 나는 여기 있다. 가끔 가슴에서 뜨겁거나 서늘한 마음이 치솟을 때면 모라의 사진을 들여다 보곤 하면서. 아니, 그건 내 손을 찍은 사진이다. 헤어질 때 모라가 내 손바닥에 적어준 메일 주소는 calendula0704였다. 그걸 폴라로이드 카메라로 찍어 컴퓨터 옆에 붙여놓았다. 그저 작은 사진을 한 장 붙여놓았을 뿐인데 그걸 귀신같이 알아본 사장과 남 이사가 내게 와 한마디씩 거들었다. 사장과 남 이사는 어쩐지 신이 난 표정이었다. calendula가 금잔화의 학명學名이라고 알려준 사장은 굳이 자신의 휴대전화로 금잔화 사진을 찾아서 내 눈앞에 내밀었고 남

이사는 한국화훼학회에서 발행한 책자에서 금잔화의 꽃말까지 찾아냈다. 나는 이렇게까지 할 일은 아니라는 생각을 하며 사장이 내민 휴대전화 속 꽃 사진을 들여다보았다. 작은 혓바닥 모양의 꽃잎을 가진 주황색 꽃은 익숙했다. 익숙한 건 어쩐지 평범해 보인다고 나는 소감을 말했고 세상에 그런 건 없다고 사장은 말했다.

종자만 봐도 그래요. 같은 종자를 심어도 어떤 건 웃자라고 어떤 건 착과가 안 되고 또 어떤 경우는 돌연변이가 생기기도 한단 말이에요. 그러니 매번 처음 보는 심정으로 살필 수밖에. ……농사뿐만 아니라 사는 게 다 그렇디다. 이 나이가 되도록 어째 익숙한 게 없어.

사장은 웃으며 그렇게 말했다.

그런데 누구여? 애인?

남 이사는 평소와 다르게 내내 생기 있는 표정이었다. 돋보기를 쓴 모습이 어쩐지 낯설어 나는 웃고 말았다.

에이, 숙부님, 꽃이잖아요, 꽃.

왜, 꽃이 뭐 어때서.

꽃이 문제라는 게 아니라, ……딱 봐도 여자 아이다, 그 말입니다.

그게 문제야. 딱 봐도, 그런 거. 요즘 세상에 그런 게 어디가 있냐.

사장과 남 이사가 옥신각신하는 사이로 호 씨의 큰 말소리가 끼어든다.

우체국 갑니다.

요즘 세상에 있는 것. 나는 이미 글씨가 다 지워진 빈 손바닥을 들여다보며 지금 있는 것과 없는 것을 생각한다. 아는 것과 모르는 것을 따져본다. 근처에 채석장이 있어서 대문을 열면 한쪽 옆구리가 허물어진 산이 보이던 산 밑의 집. 나와 모라는 그 집의 뒷방에 산 적이 있다. 사시사철 컴컴한 바람 소리와 축축한 나뭇잎 냄새가 나던 방. B시에서 돌아오며, 그 방을 생각했다. 새가 울면 기다렸다는 듯 새어들던 여명과 비가 오면 파닥거리며 빗방울을 튕겨내던 잎사귀들, 나무들. 우리는 축축한 바닥에 누워 그 소리를 듣곤 했다. 한밤 같은 한낮에, 혹은 한낮 같은 한밤이었을지도 모른다. 어쨌든 그 소리가 만든 시간

과 공간 들을 나는 똑똑히 기억하고 모라는 그런 곳
은 모른다고 했다. 기억의 진위를 가리는 건 어리석
은 일이다. 그렇게 생각하기로 했다.

그렇다면 모라에게는 뭐가 있을까.

나에게는 없는 어떤 것.

없는 것을 생각하는 것.

그런 것.

곤륜산에서만 자란다는 배나무 같은 것.

모라가 모라일 수밖에 없듯이, 나는 나일 수밖에
없다.

*

오늘은 명농사의 창립기념일이다. 정확히 75년 전
오늘 명농사가 창립된 건 아니지만 이미 해방 전부터
존재했던 명농사를 일본인이었던 전 주인으로부터
이어받은 것이니 해방된 해부터 셈하는 것이라고 한
다. 뭐가 맞는지, 나는 잘 모른다. 다만 75년 동안 그
자리에 있는 삶이란 어떤 것인지, 호 씨와 떡을 돌리

며 생각한다. 사람이라면 태어나서 일생을 보내고 죽음에 다가가는 시간. 일생이라는 걸 정하는 건 사람의 일이 아니지만 그 일생을 사는 사람의 얼굴을 만드는 건 사람이 하는 일이라면, 명농사의 시간은 어떤 모양일까. 늙을수록 단단해지는 나무를 생각한다. 늙지 않는 사진 속 아버지가 떠오르기도 한다. 눈을 감기도 전에 눈을 감은 아버지. 아버지는 자신의 얼굴을 채 완성하기도 전에 죽었다. 그리고 아버지와 동갑이 된 나는 아직 살고 있다. 사장은 출근하자마자 자신의 책상 위에 죽 늘어선 액자의 먼지를 닦고는 그걸 남이사와 한참 들여다보았다. 그리고 준비한 떡을 주변에 넉넉하게 돌리는 것으로 식을 대신했다.

재가 국민학교 다닐 때부터 좀 고리타분했어. 요즘 누가 이런 떡을 돌린다고…….

검은 콩과 건포도를 섞어 멥쌀로 찐 백설기와 쑥과 오미자, 호박물을 들인 개피떡을 나누어 담으며 박여사는 그렇게 말한다. 그러면서도 나와 호 씨의 손에 떡이 담긴 봉지를 두 개씩 들려준다.

이런 재미로 사는 거지 뭐, 별거 있나.

이를테면 바닥이 따끈해지는 걸 느끼며 잠이 드는 것. 누군가 서늘한 새벽에 이불 속으로 들어와 나와 숨을 섞는 것. 길을 가다가 화단에 핀 샐비어꽃을 따 꿀을 빨아보는 것. 꿈속으로 다녀간 누군가를 내내…… 떠올리는 것. 그런 걸 재미라고 생각해 보면 정말 재미있어질까. 그렇다면 나는 요즘 내내 재미에 빠져 있다. 모라를 떠올린다.

양모라. 소리 내어 말하면 아직도 노래처럼 들리는 이름. 나는 모라가 자신의 공책 하단에 적어놓았던 이름의 모양을 아직 기억한다. 그런 ㅁ과 ㄹ 같은 것을 어디서도 본 적이 없고 앞으로도 그런 걸 볼 수는 없을 거다. 그건 이제 없는 것일까. 이제 없는 세계는 아예 없는 것일까. 나는 여전히 그것들에 대해 자신 있게 말할 수 없다. 앞으로도 내내 그럴 거 같다. 다만 나는 한때 하나였던 어떤 시간을 되풀이 생각하며 지내고 있다. 누군가 다녀갔다고 여기면 마음이 한결 좋아진다. 너무 애쓰지는 말자고, 모라는 내 손바닥에 메일 주소를 적으며 말했다. 애쓰지 않아도 된다고 생각하니까 더 애쓰게 되는 마음이 있다.

있거나 없는 것.
그건 우리들의 잘못이 아니니까.

손가락에 감기는 바람이 천천히 말라간다.
한낮의 햇빛.
아직은, 눈이 부시다.

모라

등나무 그늘에 어둠이 놓여 있다. 누군가 내다버린 자루처럼 아무렇게나. 그러니 그건 살아 있을 확률이 크다. 살아 있으니 저렇게 그늘 밑에 꽁꽁 가둬놓았어. 나는 가만히 서서 그것을 보며 그런 생각을 한다. 어디선가 심장이 뛰는 소리가 들린다. 쿵쿵, 쿵쿵쿵, 쿵쿵, 쿵쿵쿵쿵. 심장 소리가 들리면 귀를 기울이게 된다. 그게 소리인지, 마음인지, 생각인지도 모르면서 자꾸 그쪽으로 몸이 기운다. 신기하게도. 전력을 다 해 달려오는 것들을 보면 나도 전력을 다하고 싶어진다. 느리게 꿀렁이는 어둠이 파도처럼 크고 부드러운 궤적을 그리며 넘어진다. 마치 한 몸처럼. 쿵쿵, 쿵쿵.

무엇인가 내 안에서 자라고 있다. 눈앞에는 둥그렇게 몸을 만 어둠. 나는 가까이 다가가서 넘어진 그 속에 손을 넣는다. 뜨끈하고 찐득한 느낌이 손에 감긴다. 누군가의 심장을 움켜쥔 것처럼 나는 무섭고, 외롭다. 몇 개의 얼굴들이 머릿속을 지나간다.

아버지인가.

나는 어둠에 손을 담근 채 아부지, 하고 불러본다.

…….

눈앞의 어둠은 드러누운 개처럼 고요하기만 하다. 누운 것들을 보면 흔들어 깨우고 싶다. 죽었을까 봐. 죽는 줄도 모른 채 죽었을까 봐.

아부지.

…….

아부지.

…….

아무리 불러도 아무도 대답하지 않는다. 다만 지금 내 눈앞에 있는 것은 언젠가 보았던 반삭의 여자.

그 반삭의 여자는 반삭의 여자를 낳을 것이다. 그리고 다시 반삭의 여자가 반삭의 여자를 낳고 반삭의 여자가 반삭의 여자를 낳아 나는 부른 배를 드러

낸 채 그늘을 밟고 서 있다. 나는 맨발인 채로 내 배
가 천천히 꿀렁거리는 걸 내려다본다. 누군가 심장을
움켜쥐는 것 같다. 익숙한 악력이다. 어디선가 쿵쾅
쿵쾅, 쿵, 쾅 전력을 다해 나에게 다가오는 것이 있다.
뜨끈하고 끈적한 무언가가 다리를 타고 흘러내린다.
이제 어디로든 가야한다. 나는 걷기 시작한다. 몸속의
내가 이끄는 쪽으로.

                        *

  꿈속에서 나는 나의 생모였다. 그렇게 생생한 꿈은
오랜만이었다. 잠에서 깨고도 한참을 꼼짝할 수 없을
정도였다. 정말 아이를 낳기라도 한 것처럼 몸의 온
마디가 아프고 잠이 쏟아져서 자다 깨니 한낮이었고
다시 자다 깨니 창밖이 어슴푸레했다. 잠 속에서 나
는 몇 번이나 전생을 사는 것처럼 여겨졌고 아직 없
는 내 딸의 딸이 되기도 했다. 그러니 전생의 내가 나
를 낳은 것일 수도 있겠다는 생각도 든다.
  내가 나를 낳았네, 기특하게.
  혼자라서 종종 입 밖으로 나오는 생각을 내 귀로

들으면 어쩐지 말이 되는 말처럼 여겨질 때가 있다. 모든 말이 말이 된다면 나는, 못할 일이 없고 싸울 일도, 도망칠 일도 없을 거라고 누군가에게 말하고 싶어진다. 노라가 보내온 사진 때문인 거 같다. 내가 아는 노라답게 노라는 사진 한 장을 달랑 보내왔다. 내 글씨가 적힌 노라의 손바닥이었다. 나는 길고 가는 손가락을 쭉 펼친 노라의 손과 몇 개의 곡선과 직선으로 이루어진 내 글씨를 오래 바라본다. 아주 긴 명줄을 가진 그 손바닥은 희고, 작다. 바닥을 기며 자라는 넝쿨이 빛을 향해 고개를 드는 순간이 있다. 웅크리고 있던 어린 새들이 입을 벌려 우는 순간이 있다. 그 순간 생겨나는 세계가 있다. 나는 새로 태어난 우리들의 손바닥을 본다. 낯선 사탕을 아껴 먹던 언젠가의 마음이 된다.

내가 나무였다면 나무를 키웠을 거고, 새였다면 나무 꼭대기의 집에서 새처럼 사랑을 하고 나무처럼 몸을 비비는 법을 배웠겠지. 혹은 사람이었다면 사랑을 나눌 거고, 사람을 낳을 거고, 그러다 끝내는…… 혼자서 하나가 되는 법을 배워가겠지. 그걸 누군가는 읽고, 지우고 다시 쓰겠지. 완전히 지워질 때까지. 완전히 죽을 때까지.

　머리 위로 누군가 쿵쾅쿵쾅 발소리를 내며 지나간다. 쿵쾅쿵쾅, 쿵, 쾅. 귀를 기울이면 그런 소리가 들리고, 그런 소리가 들리면 전력을 다해 뛰어가고 싶다. 누군가의 유산처럼. 내가 나의 유산인 것처럼.

　다시 살아나는 마음이 있다.

혼자서 하나가 되는 법

　조용조용 말을 걸어오는 존재가 있다. 아무 할 말이 없는 것 같은 표정으로, 아무 마음이 없는 것 같은 표정으로…… 이 소설이 그러한데, 그런 존재들은 대개 나직하고 먹먹한 목소리를 가졌다.

　함께 산다는 건 뭘까? 식구가 된다는 건?

　엄마와 노라, 그리고 계부의 딸 모라. 35년 중 7년을 함께 살았던 모라가 20년이 지난 어느 날 노라에게 전화를 걸어온다. 검은 기름때가 낀 두툼한 손으로 기억되는 계부의 죽음을 알리기 위해서다. 노라는 모라를 만나러 간다. 기다린다는 것을 생각하며, '모라가 나를 기다리는 날이 오기도 한다'는 걸 깨달으며.

　노라와 모라. 그녀들은 한때 서로에게 있었고 없었다. 20년 만에 만나 (모라에게는 친부였던, 노라에게는 계부였던) 남자의 화장火葬을 함께 치르는 동안에도 그녀들은 서로에게 있었고 없었다.

노라와 모라처럼 우리도 한때 서로에게 있었고 없었다. 그리고 지금 이 순간에도 우리는 서로에게 있고 없다.

"혼자서 하나가 되는 법을 배워가겠지"라는 문장에 오래 눈길이 간다. 소설은 내내 더없이 차갑고 더없이 따뜻하다.

누군가와 살고 있거나, 누군가와 살았던 적이 있거나, 누군가와 함께 살고 싶은 이의 창가에, 이 소설을 놓아두고 싶다.

노라의 말처럼 "있거나 없는 것. 그건 우리의 잘못이" 아니다.

그래서 우리는 곁에 '있었지만 없었던' 존재를 기억하고 그리워하고, '애쓰는 마음'을 놓지 못하는 걸까. 그래서 자꾸만 살아나는 마음을 어쩌지 못하는 걸까.

김숨(소설가)

작가의 말

물컵처럼 옛날이 쌓인다. 한 번 쌓이면 걷잡을 수가 없다. 그리 오래되지 않았는데 옛날이라고 말하면 내가 까마득해진다. 잡았다 놓으면 옛날이 되는 이름들이 늘어간다. 층층이 쌓여 서랍이 된다. 서랍은 여는 것. 열면 오늘이 되는 이야기들. 나는 당신들을 꺼내 늘어놓는다.

하나의 이야기를 마무리할 때마다 생각한다.
더 무슨 할 말이 남았을까.
하지 못한 말은 하지 못한 대로도 좋다. 당신이 읽는 동안 내가 들을 수 있다면. 내가 듣는 동안 새들이 말할 수 있다면. 빗소리가 창문을 흔든다.

부디 모두들 안녕하길.

노라와 모라

초판 1쇄 인쇄 2020년 11월 16일
초판 1쇄 발행 2020년 11월 24일

지은이 김선재
펴낸이 김선식

경영총괄 김은영

책임편집 정다움 **디자인** 박수연 **책임마케터** 기명리
콘텐츠개발6팀장 이호빈 **콘텐츠개발6팀** 임경섭, 박수연, 정다움, 한나래
마케팅본부장 이주화
채널마케팅팀 최혜령, 권장규, 이고은, 박태준, 박지수, 기명리
미디어홍보팀 정명찬, 최두영, 허지호, 김은지, 박재연, 배한진
저작권팀 한승빈, 김재원
경영관리본부 허대우, 하미선, 박상민, 김형준, 윤이경, 권송이, 김재경, 최완규, 이우철

펴낸곳 다산북스 **출판등록** 2005년 12월 23일 제313-2005-00277호
주소 경기도 파주시 회동길 357, 3층
전화 02-704-1724 **팩스** 02-703-2219 **이메일** dasanbooks@dasanbooks.com
홈페이지 www.dasanbooks.com **블로그** blog.naver.com/dasan_books
종이·출력·제본 갑우문화사

ISBN 979-11-306-3289-6 (03810)

· 책값은 뒤표지에 있습니다.
· 파본은 구입하신 서점에서 교환해드립니다.
· 이 책은 저작권법에 의하여 보호를 받는 저작물이므로 무단 전재와 복제를 금합니다.
· 저작권 허락을 받지 못한 일부 작품에 대해서는 추후 저작권이 확인되는 대로 절차에 따라 계약을 맺고 그에 따른 저작권료를 지불하겠습니다.
· 이 도서의 국립중앙도서관 출판예정도서목록(CIP)은 서지정보유통지원시스템 홈페이지(http://seoji.nl.go.kr)와 국가자료종합목록 구축시스템(http://kolis-net.nl.go.kr)에서 이용하실 수 있습니다.(CIP제어번호 : CIP2020047483)